VOCES DEL PASADO

*Relato histórico y misterios ocultos
de una escuela mexicana*

Minerva Flores Hernández

ISBN: 9798393227876
Publicado de forma independiente.

Diseño de portada:
Axel López Flores y Alexis López Flores

Ilustraciones:
Minerva Flores Hernández

Edición:
Adriana Franco Castillo

A mi familia por ser la motivación que me impulsa a alcanzar mis propósitos.

A todos aquellos pequeños que tienen dentro de sí la semilla del saber, para que conozcan sobre la historia de manera divertida.

A mis amigos por creer en mí.

A todas aquellas personas que encuentran en los libros una aventura por vivir.

CONTENIDO

PRÓLOGO

Muchos de ustedes se preguntarán cómo es que inicié esta historia verídica, divertida y detectivesca; todo empezó al llegar como directora nuevecita y de paquete a la institución más antigua de mi ciudad, la escuela "Cantonal" de Córdoba, Veracruz.

Mi sorpresa fue mayúscula cuando a la semana de mi nombramiento se presentaron en mi oficina personas del gobierno, del área de apoyo educativo, mostrándome un plano hermosísimo sobre los cambios estructurales que proyectaban realizar al colegio. Todo sonaba maravilloso, pero también imprevisto, por lo que me comuniqué con las autoridades superiores, quienes me dijeron que todo estaba en regla y que permitiera que comenzaran el trabajo que, según los planes, duraría solo tres meses en los que demolerían el salón de la parte de atrás, lo colocarían de forma diferente para poder hacer escaleras de emergencia desde la parte alta hacia el patio central y una salida trasera de evacuación, para lo cual la cisterna se colocaría en el centro de la cancha, se ampliarían los baños, cambiarían pisos e instalación eléctrica y, por último, se construiría un aula de usos múltiples; pero resultó que el proyecto fue un fraude que se orquestó junto con el gobernador Javier Duarte de Ochoa, nos dijeron que no había ya dinero y la escuela se quedaría semidestruida.

Gracias a la organización de padres de familia y maestros se pudo rescatar parte de la obra, pero faltó reubicar la cisterna, la salida de emergencia y el cambio de pisos e instalación eléctrica.

Ustedes se preguntarán qué relación tiene esto con el libro, pues resulta que la obra que supuestamente iba a durar tres meses tomó tres años y medio y, aparte de esa situación, se encontraron en el área derribada vasijas, botellas, tazas, platos, un pozo artesanal, herramientas de la época colonial y al cavar un poco más profundo se descubrieron piezas de la época prehispánica y caminos de piedra, además de edificaciones que los arqueólogos del INAH (Instituto Nacional de Antropología e Historia) identificaron como, probablemente, de la cultura olmeca y náhuatl. En la biblioteca, que estaba un poco abandonada y semidestruida gracias a algún director a quien no le interesaba la historia, había documentos y libros que datan desde 1800.

Muchos maestros de este centro educativo fueron pioneros de los cambios en las escuelas para lograr una modernización en el aprendizaje en nuestro país. Se trata de una institución llena de anécdotas e inclusive algunas personas dicen haber visto fantasmas.

Debido a todo esto, fue naciendo poco a poco en mí la necesidad de dar a conocer de una manera divertida la historia emblemática que encierra el edificio y los sucesos ocurridos en esta institución que tanto nos vincula con nuestro pasado. Este libro fue escrito para disfrute de todos los lectores, quienes se sentirán transportados a través del tiempo con Valentín y su amigo Yoltic, recorriendo junto a ellos todas las etapas importantes que se han vivido en una institución educativa mexicana y su comunidad desde la época prehispánica hasta la actualidad.

Estos periodos históricos y cambios educativos van siempre encaminados a mejorar nuestra sociedad, pues es necesario y fundamental para el ser humano contar con una enseñanza de calidad a la que todos tengan acceso y así lograr, de esta manera, una transformación positiva para el mundo.

Para mí es de vital importancia este recinto educativo y me pareció magnífico dar a conocer su legado mezclando la realidad con un poco de fantasía para disfrute y comprensión de todos los lectores.

Minerva Flores Hernández

*"Si no estás dispuesto
a aprender, nadie te
puede ayudar. Si estás
dispuesto a aprender,
nadie te puede parar"*

Anónimo

CAPÍTULO 1

*Empieza la aventura... conociendo a un amigo
y realizando el primer viaje al pasado*

Era abril del 2016, un día en verdad muy especial, la mañana era hermosa en la bella ciudad de Córdoba, Veracruz, el aire era cálido y la luz del sol entibiaba suavemente la atmósfera. El reloj marcaba las 6:30 de la mañana, era hora de levantarse y acudir a la escuela.

La mamá de Valentín lo fue a despertar y le dijo:

–Apúrate, hijo, hay que llegar antes de las 8, ya sabes que cierran el portón.

Valentín se levantó rápidamente y se arregló para llegar bañado, bien vestido, peinado y desayunado.

El es un niño muy entusiasta, amable y muy alegre, de grandes ojos marrones, cabello negro y moreno claro, acude al tercer grado en la Escuela Primaria "Francisco Hernández y Hernández" y le agradan mucho las clases.

Sus padres lo llevan caminando por varias calles de la ciudad hasta llegar a las puertas de la escuela.

Ese día había más movimiento y personas en su institución que cualquier otro día normal, por lo que

Valentín se preguntó dentro de sí: ¿Qué estará pasando?

La directora los citó a todos en el patio de recreo y les dijo: "Estas personas son arquitectos y van a realizar unas mejoras en el plantel, en la parte posterior, tengan cuidado, toda esa área se limitará y estarán vigilando los maestros para que nadie cruce. Construirán otra aula, un salón de usos múltiples, mejorarán los baños, la sala de computación, pondrán escaleras de emergencia y otra salida".

¡Eso es fenomenal!, pensó Valentín, su escuela sería mejor y más bonita.

Cuando llegó a su casa, le contó a sus padres todo lo que los arquitectos iban a realizar y ellos también se pusieron felices.

Al día siguiente, en la escuela, Valentín vio que entraron los arquitectos, pusieron mallas y redes de protección, después trajeron unas máquinas amarillas muy grandes que derribaron la construcción anterior y empezaron a cavar.

Valentín y sus compañeros contemplaron a la hora del recreo, desde lejos y muy asombrados, cómo esas grandes máquinas amarillas parecían devorar cada piedra y hacer hoyos muy hondos.

Pero de repente la obra se detuvo.

¿Qué había ocurrido?, pensaron los niños.

Los arquitectos pararon la maquinaria y se trasladaron apresuradamente a la dirección. Llegó la directora al lugar donde se realizaba el trabajo y todos, con cara de asombro, observaron lo que había en el suelo recién excavado.

Valentín vio a lo lejos que la directora hablaba por su teléfono celular y llegaban más personas que no eran maestros.

Ya en su casa, Valentín estuvo pensando toda la tarde en ese suceso, el cual comentó con sus padres. Ellos ya sabían que había ocurrido algo importante, pues los habían citado para una reunión la siguiente semana.

El día de la junta, estando todos reunidos en el patio escolar, la directora les dijo: "Han llegado arqueólogos pues se encontraron vestigios antiguos de la época colonial y prehispánica en las excavaciones y por ese motivo las obras de construcción serán detenidas por un tiempo, hasta que se pueda recuperar la mayor cantidad de objetos y documentar lo hallado".

Todos estaban en verdad emocionados, ¡era maravilloso! La maestra les mostró algunos de esos antiguos artefactos de la época prehispánica y colonial.

Durante muchos días, Valentín anduvo entusiasmado buscando información al respecto en libros que tenía en su casa, preguntó a sus papás sobre lo que ellos sabían acerca de esos objetos hallados en su colegio y, para ampliar su investigación, se dirigió una mañana a la biblioteca del plantel, pues tenía una curiosidad enorme de escudriñar en los libros antiguos que había visto ahí.

La biblioteca en ese momento estaba vacía, él se acordaba que habían visto algo en clases sobre la historia de la ciudad y de las épocas antiguas, solo tenía que hallar el libro que le diera la información sobre las culturas que ahí se habían desarrollado.

En el fondo del salón, hasta arriba de un estante, vio un libro viejo que brillaba como si tuviera luz propia, eso le llamó mucho la atención a Valentín, se acercó sigilosamente pero sintió que alguien lo miraba; al voltear, dio un brinco y cayó al suelo espantado, se trataba de un niño que jamás había visto en el colegio, brillaba como si tuviera focos internos, estaba vestido con un taparrabo de colores, un penacho de plumas, traía el cabello hasta los hombros y le dijo:

–Oye, ¿qué te pasa? No tengas miedo, ¿qué buscas aquí?

–¿Tú quién eres? Jamás te había visto en la escuela – balbuceó Valentín aún impresionado.

–No me habías visto porque no querías, yo siempre he estado aquí, mi nombre es Yoltic que significa "él que vive siempre", soy el espíritu de tus antepasados, ¿qué buscas aquí?

Valentín, un poco temeroso y tartamudeando, le contestó:

–Un libro para investigar sobre la historia de mi localidad y de mi escuela.

Yoltic, sonriendo, le dijo:

–Mira pues, has venido con un especialista. Vamos, ya viste ese libro que brilla.

–Claro, en eso estaba, antes de que hicieras tu grandiosa aparición –comentó Valentín.

–Pues es un libro mágico, si lo abres podrás viajar a cualquier época del pasado de este lugar.

Yoltic flotó en el aire hasta alcanzar el libro y al bajar nuevamente, lo abrió y le dijo:

–Creo que ya estás más tranquilo para realizar nuestro primer viaje.

–¿A dónde iremos? –preguntó Valentín.

–Eso déjamelo a mí y al libro, veamos qué nos dice su primera página.

De inmediato, Yoltic abrió el libro y apareció un tremendo torbellino que los jaló hacia su interior.

–¿Qué pasó? –dijo Valentín consternado cuando se vio en un camino hecho de losas de piedra y con una pequeña pirámide–. ¿Dónde estamos? –preguntó entre asombrado y temeroso.

–Estamos en el pasado –le respondió Yoltic–, aquí es donde se construirá tu escuela. Recuerda que en la parte de atrás de tu colegio los arquitectos hicieron una excavación, pues ahí se encuentran vestigios de esto que estás viendo ahora.

–Es muy verde y frondoso, no hay carros –observó Valentín asombrado, volteando para todos lados.

–Claro que no, estamos a seiscientos años atrás o más, en la época prehispánica, los más antiguos pobladores de la región fueron descendientes de las tribus de los olmecas, ellos fundaron el reino de Cuetlaxtlan, lugar en el que hoy se asienta Córdoba, Veracruz, tu ciudad.

–Mira Yoltic, vienen algunas personas caminando hacia acá.

–No te preocupes, no nos pueden ver. Daré vuelta a la hoja para saber qué ocurre después.

Valentín y su amigo fueron tragados nuevamente por el libro y aparecieron en el año 1456.

Yoltic dijo:

–Moctezuma Ilhuilcamina manda a atacar la población de Cuetlaxtlan, grandes y sangrientos fueron los combates que se libraron con los más fieros guerreros aztecas, vienen con él Axayacatl, Tizoc y Ahuizotl, quienes por orden de sucesión ocuparon más tarde el trono en el reino de Anáhuac.

–Creo que los han vencido –observó Valentín.

–Sí, así es, ahora Moctezuma Ilhuicamina nombra como jefe del poblado a Moquihuic, quien a partir de este momento está obligado para con el rey azteca, por ser éste quién lo elevó en dignidad real, sin embargo, su costumbre era dejar a los vencidos su cultura y sus leyes. Vamos a ver qué ocurre más adelante, dale vuelta a la hoja.

Así lo hizo Valentín y entonces continuó Yoltic:

–Estamos en el año 1464, murió Moctezuma Ilhuicamina, los cuetaxtlenses se han vuelto a levantar en armas y quieren recobrar su independencia, pero los ejércitos de Axayácatl, sucesor de Moctezuma, lograron derrotarlos de nuevo.

—Terrible, otra vez perdieron —lamentó Valentín.

—Bajo los reinados de Tizoc, Ahuizotl y Moctezuma Xocoyotzin, Cuetlaxtlan así como los reinos de Cuauhtochco y Ahuilizapán fueron poco a poco identificándose con sus dominadores.

—O sea, que ellos ya se creían mexicas o se sentían aztecas.

—Así es, Valentín.

—Bueno este es el espacio donde después estará mi escuela, pero aquí no había ningún colegio.

—No, solo tenían escuelas en Tenochtitlan.

Y, diciendo esto, volvió a tomar Yoltic el libro y lo abrió en otra página, donde el torbellino volvió a salir y se los tragó a los dos llevándolos algunos años después.

*"Se alcanza el éxito
convirtiendo cada paso
en una meta y cada
meta en un paso"*

Hernán Cortés

CAPÍTULO 2

La conquista española y la fundación de la ciudad de Córdoba

–¿Ahora dónde caímos, Yoltic?

–En 1516, es gobernante de Cuetlaxtlan Teuhtlilli y uno de sus mensajeros le está diciendo que a la isla de Los Sacrificios llegaron unos hombres extraños, blancos y barbados. Es la expedición de Juan de Grijalva. Teuhtlilli ordena a su mensajero ir con Moctezuma Xocoyotzin, pues pensó que se estaba cumpliendo la profecía del regreso de Quetzalcóatl, pero Grijalva volvió al lugar de donde partiera casi inmediatamente después de su desembarco en Chalchihuecan y esta noticia tranquilizó a Moctezuma. Vamos, dale vuelta a la hoja algunos meses más tarde.

Así lo hizo Valentín y continúo Yoltic:

–Mira, el capitán de la expedición, Hernán Cortés, tras haber tocado varias veces tierra, llegó a San Juan de Ulúa. El mensajero lleva la noticia a Moctezuma y este manda al gobernador de la provincia de Cuetlaxtlan a presentarse ante Cortés con joyas y grandes regalos.

–Me siento muy humillado –comentó Valentín–, ¿no se

dan cuenta de que solo les están entregando cosas sin valor? Cómo me gustaría poder intervenir, meterme en este lío, pero solo podemos ver y escuchar.

Teuhtlilli va y viene con Cortés y Moctezuma, llevando y trayendo información para que se concrete una visita del español a Tenochtitlan.

—Sí, a mí también me dan ganas de poder decirle algo, ya le grité al oído, pero no escucha nada.

—Bueno, pues seguiremos con la historia —se resignó Valentín.

—Ya te dije que no podemos hacer nada, Moctezuma pudo haber detenido a ese puñado de españoles corsarios, pero ordenó al gobernador de Cuetlaxtlan que lo dejará pasar tranquilamente de Xalapan a Cempoala. Vamos a seguir a Cortés —propuso Yoltic—, está convenciendo a los pueblos enemigos de los aztecas para que se les unan y así atacar Tenochtitlán.

—Eso es terrible —señaló Valentín.

—Mira, el gobernador de Cuetlaxtlan no está muy contento, pero tiene que seguir órdenes del emperador aunque desconfía del español.

Dan vuelta a la página y el libro los jala nuevamente con su torbellino al interior.

—Es 1520, otra vez llega el mensajero con noticias para Teuhtlilli, quien está organizando su ejército. Le avisa de todo el desastre ocurrido en Tenochtitlan, de la muerte de Moctezuma y Cuitláhuac, así como del nombramiento del nuevo tlatoani Cuauhtémoc, pero le da la buena noticia de la derrota de Cortés en la Noche Triste.

–Sí, lo recuerdo, la maestra nos comentó sobre ese pasaje en el que Cortés lloró junto a un Ahuehuete por la derrota que había sufrido.

–Se unen los gobernantes de la comarca de Cuauhtochco y Tochtepec para el ataque, pero hay muchos muertos y se está enfermando mucha gente.

–¡Oh no, cayó preso Cuauhtémoc! –lamenta Valentín, tocándose la cabeza con impotencia–, ahora los cuetaxtlecos, asombrados y atemorizados, no pueden resistir el ataque de Gonzalo de Sandoval, enviado de Cortés, están huyendo a los bosques dejando en poder de los conquistadores sus campos cultivados y sus hogares.

–Consumada la conquista de México, los compañeros de Cortés empezaron a repartirse las tierras.

–¿Cómo lo sabes, Yoltic?

–Ya he estado muchas veces aquí –reconoció con tristeza–. Ahora empezará la educación con los misioneros, pero lo que será tu ciudad por el momento está destruido, sin población.

–Vamos, ¡ya me gustó! Quiero saber qué pasó después, ¡hagamos otro viajecito!

Acto seguido, desaparecieron de nuevo en el aire.

–Ya me mareé con tanta vuelta, ese torbellino en verdad pega muy fuerte. ¿En dónde aterrizamos, Yoltic?

–¡Checa la página del libro!

–Oh, ¡dice época virreinal! Pero no hay nadie, no está mi ciudad y menos mi escuela. Eso sí, hay mucha vegetación, como en tiempos antiguos.

–Sí, pero en los alrededores existen algunas haciendas de españoles que se dedican a la siembra de caña de azúcar, son grandes y trabajan muchas personas que trajeron de África. Mira, Valentín, de aquella hacienda se están escapando varios esclavos negros.

–Sí, ya lo vi... ¡Sigámoslos!, se están metiendo entre las montañas.

–Quien encabeza esta rebelión se llama Yanga, es un príncipe de la tribu de los Yambara que habita cerca del río Nilo, permanecerá treinta años atacando las carrozas que van de México a Veracruz. Dale vuelta a la página despacito para que sepas qué sucede después de esos treinta años.

–Uff, ya me estoy acostumbrando a este tour. Observa, Yoltic, parece que los españoles están muy asustados.

–Y no es para menos, han llegado rumores de que los esclavos se levantarán en armas y acabarán con todos, por eso mandan a don Pedro González de Herrera para dialogar con Yanga.

–Pero parece que Yanga no se va a dar por vencido muy fácilmente, pues ya les envió una carta donde dice:

"Nosotros hemos huido de aquel lugar para liberarnos de la crueldad y del engaño de los españoles que, sin tener derecho, pretenden ser dueños de nuestra libertad. Al asaltar los lugares y las haciendas de los españoles no hacemos sino

recompensar por la fuerza de las armas lo que injustamente se nos niega. No tenemos que pensar en medios de paz, sino que, conforme a nuestras instrucciones, vengan a medir sus armas con nosotros."

–Uy, sí que se pusieron las cosas color de hormiga negra, Yoltic, pero ¿cómo sabes lo que dice la carta?

–Pues ya te dije que vivo por siempre, me gusta viajar por el tiempo y ya he oído la lectura de esa carta muchas veces cuando llega a manos de Pedro González ¡y pone una carita! Bueno, no tan bonita como la mía, je, je, je.

–Yanga no se rinde; mira, escribe otra carta y la manda.

–Sí, en ella dice que no se rendirá nunca, pero le indica al virrey que, si quiere paz en su territorio, debe darle tierras y libertad.

–¡Viva!, eso me agrada, es muy valiente a pesar de no estar en la tierra donde nació.

–Así es, Valentín, el virrey le entrega un pueblo que se llamará San Lorenzo de Cerralvo, tú lo conoces como "Yanga" el primer poblado libre de América y Yanga se compromete a que él y su gente ya no atacaran las carretas ni a las gentes de las haciendas.

–Bueno, pero creo que el libro se equivocó, pues sigo sin ver a mi ciudad y menos a mi escuela –insistió Valentín un poco triste.

–No, no se equivocó. Tú espera, ya te irás dando cuenta. Sigamos con la historia. Yanga y su gente cumplen su palabra, pero los esclavos se siguen escapando de las haciendas y atacan en el camino.

–Ahora ¿qué harán los españoles? –preguntó Valentín.

–Pues, ya se les ocurrió en la capital de la Nueva España la idea de formar una población en el mismo campo donde los fugitivos hacen sus merodeos, se lo comunican al virrey don Diego Fernández de Córdoba, cuatro vecinos de Santiago Huatusco: Andrés Núñez de Illescas, Diego Rodríguez, Juan Cristóbal de Miranda y Juan García Arévalo. No te vayas a equivocar, Valentín, pues este pueblo ya no existe.

–Pero sí conozco Huatusco... –Aseguró Valentín con gesto contrariado.

–Te dije que no te confundieras –le refutó Yoltic–, el que tú conoces es el que se llamaba San Antonio Huatusco, el otro lugar se encontraba entre Cuitláhuac y Cotaxtla, adoptarán la idea y solicitarán permiso para formar la población deseada. El virrey les dio permiso de fundación a nombre del monarca español y con esa autorización juntaron a los vecinos, treinta familias de origen español, para formar tu ciudad, por eso has oído que le dicen "La ciudad de los treinta caballeros". La villa de Córdoba fue fundada el 26 de abril de 1618 durante el reinado de Felipe III y fue honrada con su propio escudo de armas. Se me olvidaba decirte que la Hacienda de la Estanzuela era la propiedad de don Gaspar de Rivadeneyra quien cedió a la Corona algunos terrenos pertenecientes a su hacienda, el lugar que los nativos habían llamado Cuetlaxtlan, rodeado por las Lomas de Huilango para el establecimiento de la villa.

–Sí que sabes mucho, Yoltic, eres un buen maestro. Ahora quiero ver dónde va a estar mi escuela.

–Vamos, pues, Valentín. Caminaremos, es el mismo tiempo.

"Quien se deleita en defraudar al prójimo, no se ha de lamentar si otro le engaña"

Petrarca

CAPÍTULO 3

La leyenda de Don Lolo y la época virreinal

–Oye, amigo, sabes muchísimo, por eso me junto contigo, pero... ¿cuándo aparece mi escuela? –insistió Valentín.

–"Calmantes montes", todavía no, pues por siglo y medio no hubo escuela en la villa.

–Entonces, ¿cómo estudiaban los niños?

--Pues, los padres que tenían dinero contrataban a un maestro particular, generalmente venía desde la capital del país.

–Bueno, ¿y qué había en el terreno donde ahora está mi escuela?

–Vamos, dale vuelta a la página para que veas qué hay –lo invitó Yoltic.

–Están repartiendo las tierras, pero en el espacio donde va a estar mi escuela están construyendo un caserón. Espera, voy a ver qué año es.... es 1640.

–Ese caserón es de Dolores de Bobadilla y Cabrera de Solís, dicen que era un hombre avaro y egoísta. Junto con la avaricia tenía muy arraigado el vicio del juego y, aunque no siempre ganaba, era bastante afortunado con las cartas y la vista del oro amontonado sobre el tapete de las apuestas lo hacía sentirse feliz. Todos los viernes reunía en su viejo caserón a un grupo de amigos con los que pasaba la noche jugando y corría el rumor de que muchos caballeros habían dejado en estas veladas hasta la mitad de sus haciendas. Eso sí, jamás ayudaba a nadie.

–Entonces era un hombre feo y avaro –declaró Valentín

–Así es, su mayor miedo era que la Santa Inquisición descubriera que realizaba esas reuniones prohibidas y le quitarán su dinero, por ese motivo hizo cavar en el fondo del traspatio un pozo profundo, en mitad del cual abrió una puertecilla que daba entrada a un salón subterráneo al que se bajaba por medio de una ingeniosa máquina que su sirviente manejaba desde afuera con una manigueta bien disimulada tras de un enorme pilar, tapando después el brocal del pozo sin dejar rastro del lugar donde se reunían los jugadores.

–Creo que me pareció ver un pozo en la parte de atrás, cuando las máquinas estaban removiendo las piedras.

–Sí, Valentín, ese era uno de los pozos que estaban en tu escuela, pero hicieron como cuatro, no sé si ese que encontraron era el de Don Lolo.

Yoltic continuó narrando que, antes del amanecer, terminaba el juego y Don Lolo, que así le decían a don Dolores, tiraba de una cuerda que hacía sonar el cántaro puesto sobre el brocal del pozo y el sirviente subía en aquel elevador improvisado a los caballeros que, embozados en sus capas españolas, se perdían como sombras por los oscuros callejones de la Villa. Según la leyenda, un día de febrero tocó a su puerta un hombre que no conocía y él le permitió entrar junto con sus amigos, este hombre tendría treinta y cinco aproximadamente, alto, moreno, delgado, con barba, pero lo que más llamaba la atención eran sus ojos oscuros y penetrantes, vestía todo de negro y la capa estaba sostenida a sus hombros por dos pesadas cadenas de oro que remataban en un gran murciélago abrochado sobre el corazón. Don Lolo, como era su costumbre, estuvo jugando y tomando toda la noche, sus amigos, como iban perdiendo, no se quisieron arriesgar más y se retiraron del juego, pero este personaje continúo jugando baraja con Don Lolo.

–Me está dando miedo tu narración, Yoltic, pero sigue, pues también es muy interesante.

–Bueno pues, como te estaba diciendo…

Don Lolo siguió jugando a la baraja con este personaje; al principio iba ganando, pero después de una hora perdió toda su fortuna, incluidas sus haciendas y casas. Entonces el caballero, a quien todos suponían invitado del anfitrión, no teniendo ya compañero de juego, hizo a los presentes una profunda reverencia preguntando si podía retirarse, pues al amanecer partía para la Peñuela, a donde estaba citado con el Alguacil Mayor y dos abogados para resolver asuntos de un predio, teniendo que regresar a la Villa de Córdoba para saludar a los Señores de Soto y Calderón, que lo habían invitado a tomar el desayuno y de quien él se preciaba de ser familiar, yendo después al Mesón de la Balsa del Ángel donde se hospedaba para ordenar su carruaje, que el día anterior había sido llevado para una pequeña reparación a la herrería de los Cuatro Loros Huastecos y ofreciendo bajo palabra de honor estar presente al siguiente viernes en ese mismo salón para dar a tan respetables señores la oportunidad de reponerse de aquella mala pasada que les había jugado la caprichosa fortuna. Tomó entonces el caballero de la capa la cuerda del pozo y llamando al sirviente después de varios viajes subió el oro y algunos papeles escriturados con sellos y firmas que atestiguaban la entrega de casas y haciendas. Tras él, sin poder casi caminar y sostenido por un amigo, subió Bobadilla para hacer entrega de sus tesoros entre los que se cuenta que había una vajilla de oro y ayudados por el asombrado sirviente llevaron poco a poco los repletos arcones hasta el zaguán.

–Sí que dejó al pobre Don Lolo sin centavo alguno, pero creo que se lo merecía –argumentó Valentín.

–Escucha hasta el final, es más emocionante.

Una sola era la puerta de salida a la calle que tenía la casona y, en su aflicción, el dueño olvidó subir la llave, la cual acostumbraba colgar de una alcayata en la pared del salón para que nadie se ausentara hasta que él lo dispusiera; sudando de angustia, sentado en la vieja banca de cedro del zaguán, pidió al amigo que fuera con el sirviente por la llave para que saliera el caballero. Cuando su amigo y el sirviente regresaron trayendo la llave, se quedaron horrorizados. Allí, sin más compañía que sus pecados, con los ojos desorbitados y el cabello revuelto, arañado y desgarrado el traje como si hubiera tenido una gran lucha y echando espumarajos por la boca estaba Don Lolo, rascando en vano con manos ensangrentadas las losas del zaguán y gritando que aquel hombre extraño era el demonio, que le había dicho que en castigo de su avaricia y sus pecados, iba a enterrar allí, en la propia casa de Don Lolo, todo el dinero del juego y los arcones repletos de doblones, las escrituras de las haciendas y la pesada vajilla de oro; después de lo cual, zarandeándolo con fuerza hasta dejarlo en aquel lastimoso estado, desapareció de su presencia dando un fuerte tronido y gritándole que empezara a rascar allí mismo, debajo de las losas del zaguán, donde encontraría la primera parte de sus tesoros.

–¡Qué miedo!, ¡sí que Don Lolo tendría los pelos de punta! –exclamó Valentín.

En vano los amigos quisieron sujetar a Don Lolo que, resoplando como un poseído, rascaba los pilares y los pasamanos de los viejos corredores de su casa, arrancando las cornisas de las puertas y escarbando en los quicios y en los peldaños de las escaleras.

–Ja, ja, ja, estuvo bonita tu leyenda. Me dijo mi maestra en clases que las leyendas tienen algo de verdad y algo de fantasía, pienso que Don Lolo sí existió y perdió su fortuna jugando baraja, pero no se le apareció ningún diablo; eso sí, su casa tuvo que pasar a manos de alguien más.

–Sí, Valentín, dicen que con el tiempo la locura de Don Lolo de Bobadilla se fue haciendo tranquila. Su sirviente vivió a su lado hasta que fueron ancianos. Pero no era extraño escuchar a Don Lolo, en mitad de la noche, rascando las paredes y los rincones de toda la casa. Vivía de la caridad de algunas personas, pero decían las malas lenguas que el criado a veces tenía los bolsillos repletos de onzas de oro.

–Yo te dije que no había sido ningún diablo, fue el sirviente que lo dejó sin dinero, lo bueno es que se quedó a apoyarlo en su casa, tal vez se dio cuenta que se acabaría todo y decidió llevar a cabo ese plan, total, Don Lolo ni cuenta se dio pues estaba bien borracho, ja,ja, ja.

–Tienes razón, Valentín, posteriormente vinieron otros dueños a habitar la vieja mansión que, al morir Don Lolo, fue dividida, saliendo de ella cuatro grandes casas con sus corredores con grandes losas y sus patios españoles. Estas casas fueron habitadas por los señores Posada, que vivían en la esquina; los Pontón, los Álamo y los Galán, quienes ocupaban la última de las casas y que, al hacerle una modificación, cuentan que encontraron en el rincón de la cocina el oscuro pozo, profundo y sin fondo, con el salón subterráneo abovedado y construido sobre los pilares de piedra maciza y en la pared del fondo, pendiendo de una enmohecida alcayata, una vieja y herrumbrosa llave.

–Mmm, todo es muy interesante –murmuró Valentín tocándose la barbilla– pero, ¿cuándo se fundó una escuela aquí?

–Te dije que vamos con calma, después estas casas pasaron a manos de la iglesia que las convirtió en convento.

–Pero, ¿cuándo se convirtió en escuela? –insistió Valentín.

–Dale vuelta a la hoja.

–¡Yupi!, ¡qué divertido! –exclamó Valentín.

Es 1729, dentro del Convento de Santa Rosa, por mandato del virrey, se creó la Escuela Real, ahí empezó a impartir clases un maestro particular contratado por el Cabildo al cual se le pagaba cincuenta pesos anuales y atendía cuarenta y cinco alumnos varones de las mejores familias, veintidós pagaban una cuota obligatoria y los restantes eran becados. En esta escuela se enseñaba a leer, a escribir y principios de religión cristiana, pero los que desearan continuar tenían que ir a la Ciudad de México a colegios religiosos, era la única manera de estudiar. En la época de La Colonia se les impedía a los indígenas y esclavos negros la instrucción, de modo que fueran más fácilmente dominados. Durante esta época todas las escuelas pertenecían al clero.

–¡Asombroso!, entonces, desde esa época es escuela.

–Pues… sí, pero con algunos cambios que iremos viendo en el camino. Mira tu libro, lo bueno es que solo daremos un saltito, je, je, je.

Es 1772, el virrey Antonio María de Bucareli dio la orden de que todas las escuelas pasarán a manos del estado, pero la iglesia seguía manejándolas, los sacerdotes escogían a los maestros y las materias que debían impartir.

–¿Quién es esa mujer que está hablando con el obispo? –preguntó Valentín.

–Es la señora Ana Francisca de Irivas; como quedó viuda y no tiene hijos, desea utilizar su fortuna para que se puedan fundar dos escuelas, una para niñas y otra para niños, por eso se acondicionó el Convento de Santa Rosa. Vamos, daremos otro brinquito a 1793, ya quedó la remodelación del convento, ahora hay dos colegios, el de "Santa Rosa de Lima", la escuela de varones que se convertirá en la tuya y se inauguró el colegio de niñas que llevaba el nombre de "Santa Ana", que en tu época es la escuela "Ana Francisca de Irivas", la institución completa contaba con una capilla, una huerta, habitaciones para las religiosas, un patio con un pozo, amplios corredores con pilares y hermosas arquerías que aún perduran en tu tiempo. Pero la escuela de niñas solo duró un año abierta, después se cerró y volvió a funcionar en 1804, aunque tampoco permaneció mucho tiempo y volvió a cerrarse. La señora Ana Francisca hizo mucho por la población de Córdoba; desgraciadamente, también dijo que a sus escuelas sólo asistirían niños y niñas españoles y criollos. En ese tiempo no permitían que estudiaran las castas, menos los indígenas y negros, pues pensaban los españoles que el estudiar los haría menos manejables.

–Estoy muy enojado, Yoltic, ¡claro que los haría menos manejables!, pues conocerían sus derechos y estudiar debe ser un acto de igualdad, lo vi en mi clase de civismo, es un derecho de todos los niños y también de los adultos.

–Excelente, Valentín, nadie tiene la facultad de discriminar a otra persona por ninguna razón.

–Pienso, Yoltic, que eso lo hace la gente ignorante por miedo y no se dan cuenta de lo que los demás pueden aportar. Espero que las personas comprendan que todos somos parte de la raza humana –concluyó Valentín con cara de enfado y cruzando sus brazos.

–¡Bravo!, ¡ese es mi súper amigo! Le damos vuelta a la hoja, Valentín.

–Está bien… aunque sigo enfadado.

"Sin importar el tamaño de la ciudad o pueblo en donde nacen los hombres o las mujeres, ellos son finalmente del tamaño de su obra, del tamaño de su voluntad de engrandecer y enriquecer a sus hermanos"

Ignacio Allende

CAPÍTULO 4

Periodo de confusión... México independiente

Después de algunas vueltecitas, estamos en 1810.

–¡Cuidado, están disparando! –Alertó Valentín alarmado, pero luego comenzó a reír–, qué tonto, no me acordaba que solo podemos ver, pero no nos pasa nada.

–Sí, es como un viaje virtual con realidad aumentada je, je, je –bromeó Yoltic.

–Y dime, ¿qué está pasando?

–Bueno, ha habido muchas guerras y no hay recursos, algunas personas aportan su dinero para que las escuelas no se cierren pero, aun así, no es posible mantener abiertas las dos. Se cierra nuevamente la escuela de niñas, la cual volverán a abrir hasta 1839.

–Pero, ¿por qué cierran siempre la escuela de niñas y no la de niños? –indagó Valentin.

–En esa época no era importante que las niñas estudiaran, la mayoría de la gente pensaba que estudiar perjudicaba más a las mujeres que beneficiarlas, aunque ya empezaban a darles clases de gramática y artes, junto con tejido, bordado y religión.

–¡Otra vez con los derechos! ¡Niños y niñas son iguales ante la ley! –refutó Valentín.

–Sí, pero en esa época la mujer legalmente tenía menos derechos que los hombres.

–Y vuelve la burra al trigo con los derechos. ¡Todos somos iguales! –expresó disgustado Valentín.

–Así es, pero lo bueno es que todo cambió para bien y mucha gente luchó y sigue luchando para que se logre que todos gocemos de los mismos derechos. La igualdad es súper necesaria en la comunidad humana. La misma cantidad de respeto y de atención debemos tener todos, pues la equidad no tiene géneros, ni raza, ni religión, etcétera.

–Muy cierto, Yoltic, figúrate que escuché a los maestros decir que están haciendo los cambios correspondientes para que muy pronto a la escuela asistan niñas, me parece súper cool.

–Bueno, ¿en qué íbamos?

–Pues, en la Guerra de Independencia.

–Dame el libro. Me asomaré poquito para que no nos lleve el torbellino. ¡Sigue la guerra por once años! –anunció Yoltic tocando su cabeza con preocupación–. Creo que mejor nos trasladaremos hasta 1824, donde el gobierno del nuevecito estado de Veracruz inicia los primeros pasos para impulsar la educación básica, recuerda que desde la Colonia ya existía una escuela, donde está ahorita tu colegio y otras cinco en las ciudades de Xalapa, Orizaba y Veracruz, pero seguían enseñando solo lectura, escritura, sumas, restas, multiplicaciones y divisiones, así como religión. Se están reuniendo en los ayuntamientos para formar los primeros cantones.

–¿Cantones? ¿Qué es eso, Yoltic?

–Es una división administrativa donde un ayuntamiento manejaba varias provincias o poblaciones.

–Creo que ya entiendo un poquito –dijo Valentín.

–Lo que quieren las personas del ayuntamiento es que haya por lo menos una escuela en cada cantón y que la educación la maneje el municipio, no la iglesia, situación complicada pues casi nadie sabe leer y escribir y eran dieciocho cantones en el estado de Veracruz, además de no haber recursos para pagar a los maestros.

–¡Uy! –dijo Valentín asombrado–, ¡una situación muy difícil! Por eso no terminan de platicar.

–Exacto, porque no hay dinero, pues los recursos se gastaron en la guerra y las personas que están preparadas tienen que trasladarse de la capital del país a los cantones. Es terrible.

–Mira, Yoltic, ya invitaron a un maestro para que dé clases en la escuela.

–Sí, está muy preparado, se puede ver, pues les dice que sabe latín, gramática, filosofía y aritmética.

–¡Wow, fantástico!

–Ni tanto, como ya he hecho el viaje antes te puedo decir que solo laborará hasta 1827, no tienen dinero para pagar.

–¡No! ¡Eso es una tragedia!, –exclamó Valentín con cara de tristeza. ¿Qué va a pasar con todos los niños que quieren seguir estudiando?

–Cálmate, vamos a una página más adelante –sugirió Yoltic dándole vuelta a la hoja.

Entonces, fueron tragados nuevamente por el remolino de colores y letras.

–Estoy muy mareado, Yoltic, viendo letritas por todos lados, pero también muy interesado en saber dónde estamos.

–En la Junta del Congreso Local del Estado de Veracruz.

–Por eso estamos rodeados otra vez de hombres trajeados.

–Así es y parece que están llegando a una solución.

–¿Cuál es?

–Van a utilizar el método lancasteriano.

–Otra vez hablando en chino, Yoltic.

–Je, je, je, yo hablo náhuatl y español, pero todavía no sé chino y eso que he vivido por siempre, pero me voy a poner a estudiarlo, tengo mucho tiempo para hacerlo.

–Esta súper que aprendas chino, pero explícame que es eso del método lancasteriano.

–Pues era muy sencillo, los maestros tenían en su grupo a niños de diversas edades y con grados de conocimiento variados; entonces, formaba ocho equipos y el profesor escogía a un niño de cada equipo, el más adelantado y este alumno enseñaba a los diez niños de su equipo. También había alumnos que se encargaban de la vigilancia y el orden grupal. La ventaja es que de esta forma se podía enseñar al mismo tiempo lectura, escritura, aritmética y doctrina cristiana.

–Si eran diez niños en cada equipo y eran ocho equipos, en total había ochenta alumnos en el grupo. ¡Muchísimos, Yoltic!, ¡una locura!

--Sí, eran muchísimos. Como te dije anteriormente, los profesores preparados eran muy pocos y para poder hacer este trabajo pasaban por varios exámenes para demostrar que dominaban el método de Lancaster. Esta forma de enseñar se utilizó por primera vez en Londres y su fundador fue Joseph Lancaster.

–Ha de haber sido un gran maestro de esa época, pero ¿qué pasaba si algún niño hacía una travesura?, ¿cómo hacía el maestro para ayudarlo?, pues, en mi escuela, conversan con nosotros, nos ponen ejemplos, nos dan pláticas y nos apoyan mucho.

–Así no se corregía en esa época, Valentín, lo que hacía el maestro era amarrarlos o dejar encerrados a los niños en un cuarto hasta que llegaban sus papás.

–¡Eso me da terror!, qué bueno que ya no es así y nosotros podemos ser escuchados, comprendidos y amados. Eso me recuerda una ocasión en que me comí la torta de un compañero, el maestro me preguntó por qué lo hice y yo le respondí que tenía hambre, pues mi comida la había dejado en casa y además no tenía dinero; mi profe me prestó para que le comprara una torta a mi amigo, me hizo ver que lo que hice estaba mal y me pidió que para el siguiente día llevará dos tortas, una para mí y otra para mi compañero. Así aprendí que no debo tomar lo que no me corresponde, si necesito algo lo debo de pedir y también es bueno compartir. Si hubiera nacido en esa época solo iba a aprender a tener miedo, pues no hubiera entendido porque me amarraban o me encerraban.

–Era otra época y los maestros creían que hacían lo correcto –explicó Yoltic.

–En este salón de clases están todos muy amontonados, solo los niños que apoyan a cada equipo están parados trabajando, pero ¿ya viste que el maestro tiene cara de enojado y vigila el orden? Mejor vámonos antes de que nos encierren por latosos –advirtió, Valentín.

–Ya te dije que no nos ven y tampoco nos oyen, pero es mejor irnos para ver qué sucede unos años más adelante, así que…. ¡a volar!

Dicho esto, dan vuelta a la hoja del libro mágico, para caer a otra época en la escuela.

*"Donde hay educación
no hay distinción"*

Confucio

CAPÍTULO 5

La República Restaurada

–Estos viajecitos son súper intensos. Creo que cada vez estoy más mareado, mirando letritas por todos lados.

–Lo que ocurre es que tú eres el intenso, Valentín; eso sí, todos estos viajes son muy emocionantes. Revisa el libro y dime ¿en qué época estamos?

–1867.

–Como he vivido algunos añitos –bromeó Yoltic con risa pícara–, puedo identificar que estamos en la época llamada República Restaurada, cuando fue presidente del país Benito Juárez y donde sí queda totalmente prohibido enseñar religión en las escuelas públicas, se establece que la instrucción primaria debe ser obligatoria, gratuita y con mucha disciplina. ¿Ya viste a ese hombre que está ahí?

–¿Ese del bigotito chistoso, peinado de raya en medio?

–¡Sí, ese! Es el gobernador del estado de Veracruz, se llama Francisco Hernández y Hernández.

–¡Igual que mi escuela! Es sorprendente.

–Pues claro, por él la llamaron así.

–Bueno, pero ¿por qué le pusieron su nombre a mi colegio?

–Te voy a explicar, Valentín. Él nació en Córdoba y estaba muy interesado en que hubiera muchas escuelas en el estado, por ese motivo aumentó el número de planteles e hizo responsables a los ayuntamientos de la instrucción pública; también prohibió los castigos corporales en las escuelas, así que, a partir de ese momento, si un niño tenía mala conducta, se tenía que reprender de manera pública o privada; si estaba en el cuadro de honor, se borraba su nombre y se le ponía a realizar trabajos extraordinarios y si volvía a comportarse de manera inadecuada se le expulsaba definitivamente. Pero, eso sí, la disciplina para las niñas era más dura, pues para las autoridades de gobierno era mucho más importante que ellas tuvieran una buena disciplina a que recibieran la instrucción pública adecuada, así que los castigos que vimos en el viaje anterior se seguían aplicando con ellas, parándolas o hincándolas, amarrándolas o encerrándolas hasta que terminaba la clase.

–¡Que injustos!, ¡eso sí me da mucho coraje! ¿Dónde quedó la equidad?

–Cálmate, Valentín, te tendré que amarrar, ji, ji, ji, es una mala broma pero, como te dije anteriormente, era parte de la época, pues los funcionarios pensaban que una disciplina rigurosa daba como resultado una buena educación y la Comisión de Educación Pública había solicitado que cada colegio tuviera un aula de castigo, para encerrar a los niños que cometían alguna falta. El problema mayor que enfrentaban las escuelas era que los padres no enviaban a los niños.

–Lógico, así como los trataban no creo que los padres quisieran llevarlos –dijo Valentín con cara de enojo.

–En realidad se debía a que la mayoría de los niños trabajaban para llevar dinero a sus casas, ya que las familias eran muy grandes, de hasta quince hermanos; por lo tanto, los padres de los niños veían más provechoso que ayudaran de esta manera en casa a que fueran a las escuelas, sobre todo los más pobres porque, si recuerdas, en la época virreinal solo los ricos estudiaban.

–Seguimos con las desigualdades –dijo aún más molesto Valentín.

–Pues bien, estábamos con el señor de bigotito chistoso.

–El que le dio su nombre a mi escuela.

–¡Ese mismo! Si no lo pierdes de vista, está viajando a los cantones del estado para hacer escuelas para niños y también para adultos, a quienes se les enseñaba a ser artesanos; además, pensó en poner escuelas en las cárceles, pues consideraba que la ignorancia hace muchas veces que la gente cometa errores. Fundó las primeras secundarias para hombres y mujeres; claro, en la de las niñas les impartían conocimientos para ser "buenas madres" mientras que a los jóvenes se les procuraban experiencias que los prepararan para realizar una carrera profesional. Les dio recursos a los cantones para poder sostener la educación en la entidad y abrió las primeras bibliotecas públicas. Mira, va entrando al Congreso Nacional, escuchemos lo que dice:

–"La educación es la base de la sociedad y del progreso del pueblo, fuente de bienestar social. De manera que, si el pueblo no está instruido, de poco servirán las reformas logradas y las leyes promulgadas. Si los ciudadanos no saben leer, no podrán ejercer su derecho de soberanía, ni el sufragio popular, ni conocerán la constitución, ideales que defenderemos como restauración de la república".

–Wow, ¡estoy súper de acuerdo con él! –expresó Valentín, aplaudiendo fuertemente.

–¡Vamos, mi amigo! Demos la vuelta a la hoja para ver qué hace el siguiente gobernador del estado.

–Lo bueno es que no dimos tantas vueltas esta vez en el torbellino este del librito.

–Calla y observa, Valentín. Ese señor peloncito que ves ahí, invitó a todos los maestros de Veracruz a una reunión, es el Primer Congreso Pedagógico y este señor es Francisco Landero y Coss, el siguiente gobernador después de Francisco Hernández y Hernández. Ahora la capital del estado es Orizaba, anteriormente lo fue el Puerto de Veracruz. Aquí se va a realizar el primer proyecto de ley que regirá la educación.

–Yoltic, ¿qué es pedagógico?

–Buena pregunta, significa educativo, Valentín.

–Ahora ya entendí más, ¡estupendo!

–Parece que ya llegaron a un acuerdo y van a hacer una escuela que se llamará Liceo.

–¿Liceo?

--¡Sí! Como una especie de primaria completa para que los niños continúen sus estudios en el Colegio Preparatorio, donde antes estaba la Escuela de Santa Ana, que era la escuela para niñas.

–No me agrada que hayan vuelto a cerrar el colegio de niñas, pero fue bueno que empezara a haber una escuela secundaria, pues antes, como vimos, los alumnos que querían seguir estudiando se iban a la capital de la república, muy lejos.

–Sí, es verdad, Valentín, eso da mucho gusto.

–Tengo una duda, Yoltic. ¿Cuántos años estudiaban en el Colegio Preparatorio?

–Cursaban los estudios secundarios en cuatro años, era como hacer secundaria y preparatoria juntos, pero en menos tiempo –aclaró Yoltic sonriendo.

–Es bueno tener un amigo que ha vivido por siempre y sabe un titipuchal.

Yoltic puso cara de orgullo y siguió con su explicación.

–A partir de este momento el gobierno trató de que la escuela fuera obligatoria y nombraron a jefes de manzana que eran responsables de vigilar la asistencia de los niños a las escuelas y de llevar a los padres ante las autoridades, los vecinos integraban juntas para que se cumpliera esta ley y también las buenas costumbres.

–¿Y qué ocurría cuando un niño no quería ir al colegio?

Yoltic toma del brazo a Valentín y lo lleva a la plazuela que se encuentra fuera.

–Allá va un niño que no fue a la escuela.

–¡Zas!, ya lo vio el jefe de manzana y se lo llevó al colegio – observó Valentín.

–En la escuela hay un cuarto especial donde lo encierran, luego el jefe de manzana lleva la queja al alcalde y van juntos a buscar al papá del niño.

- ¿Y ahora qué, Yoltic?

–El alcalde está hablando con el señor para convencerlo de que su hijo debe ir a la escuela, pues si vuelven a encontrar al chico en la calle el padre tendrá que pagar cincuenta centavos.

–¿Tenían que pagar multa? –se sorprendió Valentín.

–Sí, porque el gobierno del estado estaba invirtiendo mil trescientos pesos anuales, muchísimo para esa época, por dos escuelas en cada cantón, este dinero servía para reparaciones de los edificios donde estaban las escuelas, la compra de útiles... ¡Ah! y también había que pagarle al profesor que venía de muy lejos, pues existían pocas personas preparadas que quisieran dar clases, la educación era muy cara.

–Todo lo que dices tiene sentido, amigo, estoy aprendiendo mucho contigo.

–Desgraciadamente, como había tantas guerras internas en México, en ocasiones el dinero no llegaba para poder apoyar a las escuelas –agregó Yoltic con un dejó de tristeza.

–¿Y entonces qué pasaba?

–Pues, que no les podían pagar a los profesores –concluyó encogiéndose de hombros.

Tomó entonces Yoltic el libro mágico y muy despacito busco el año 1880.

–Qué bueno que fue muy lenta la vuelta, ahora sí estamos en mi escuela.

–Sí y no, Valentín. El lugar sí, la escuela aún es el Liceo Municipal para Varones y hoy es el 7 de enero de 1880, ya se nombró al primer director: Eliseo Shirieroni.

–¡Qué gracioso! –dijo Valentín soltando una carcajada–, la escuela es liceo y el director Eliseo.

–No me había dado cuenta, pero sí es gracioso, está reunido con los primeros profesores de esta escuela: Agustín Calatayud, Carlos Ortega Casanueva y José Gutiérrez. Ya están inscritos 199 alumnos. Ahora el país está entrando en un periodo de paz, quieren incrementar el número de escuelas en toda la nación y ahora sí, cómo aprendiste anteriormente, el gobierno piensa que la escuela debe ser laica, gratuita y obligatoria. ¿Te acuerdas de la enseñanza lancasteriana?, pues ya no la utilizan, ahora la enseñanza es positivista.

–No entiendo nada, ¿qué es eso de Positivismo, Yoltic?

–Pues que ahora en las escuelas todos los conocimientos deben ser medibles por medio de exámenes, se van a enseñar nuevas materias, como escritura, gramática, aritmética, geografía, historia y la educación primaria va a tener tres grados.

–Cada vez se parece más a lo que me enseñan en mi escuela.

–Así es, ahora viene lo bueno.

–¿Lo bueno?

–Sí, Valentín, por eso moveré todo el libro, haré mi

baile especial y ¡tara, rara! ¡Vamos a una época muy emocionante!

El libro parece entender la solicitud de Yoltic y se mueve alrededor de ellos, soltando un haz de luz de su interior y muchas letras y tragándoselos en un abrir y cerrar de ojos.

"El pasado es el mejor espejo en el que se refleja el porvenir"

Porfirio Díaz

CAPÍTULO 6

El Porfiriato

Después de algunas vueltecitas en un tobogán de colores y resbaladilla de arcoiris, el libro se abre y los envía al exterior.

–¡Qué divertido!, –exclamó Valentín–, creo que ya me estoy acostumbrando a este viajecito.

–Estos viajecitos los hago yo muy seguido, me sé todo el camino –destacó Yoltic con gesto de superioridad.

–Deja de presumir, si yo hubiera vivido todo el tiempo que tú lo has hecho, sabría mucho más.

-¡No te molestes!, solo quería poner mi carita de sabelotodo, pocas veces la presumo. Ahora te voy a contar dónde estamos, antes de que comiences con tu cantaleta: "Yoltic, ¿qué ocurre en este momento?".

Valentín escucha a su amigo con algo de indignación, pero sin perder interés en su relato.

–Finalmente cambiamos de lugar, hemos llegado a la Ciudad de México. Estamos en Palacio Nacional. Ese hombre que nombraron presidente es Porfirio Díaz Morí, durante su mandato hubo cosas muy buenas y otras no tanto –señaló Yoltic moviendo su cabeza en forma negativa–. Como puedes observar, reunió a los principales pedagogos del país y también extranjeros, pues su mayor preocupación era el tema educativo. Aquí están en el Congreso Higiénico Pedagógico de 1882, donde se estableció la orientación laica, gratuita y obligatoria de la educación, tal como se venía proponiendo desde antes, pero ahora como una ley.

–Pensé que esos cambios se habían realizado hasta la Constitución de 1917 en el artículo tercero, lo hemos leído mucho en nuestras clases de historia y civismo.

–Pues no, Valentín, esto viene desde antes y te lo vengo diciendo… En 1867 se instituyó ya la primera Ley de Instrucción Pública, lo vimos con Benito Juárez y durante este congreso se pensó que era fundamental empezar con la formación de maestros, pero parece que les está costando trabajo ponerse de acuerdo en el cómo lo van a realizar. En este congreso va a haber un pequeño error.

–¿Qué error, Yoltic?

–Pues, que pensaron en tomar en cuenta e incluir la enseñanza para los grupos indígenas, recuerda que durante La Colonia y La Independencia los indígenas y negros eran excluidos de las escuelas.

–¿Y cuál fue el error? ¡Yo pienso que fue excelente idea el incluirlos!, pues, como ya he dicho también varias veces, todos los seres humanos tenemos los mismos derechos y…

Valentín se sube a una silla para extenderse en su discurso, pero Yoltic lo interrumpe a tiempo.

–Ya, cálmate. Te explico, el error no fue incluirlos, sino que no sabían cómo hacerlo. La gran mayoría de los pueblos indígenas hablaban su propio idioma, tenían sus costumbres y cultura, por lo tanto, no era fácil que se sintieran parte de la población mexicana. Habían recibido muchos rechazos y, como dicen, "la burra no era arisca, sino los palos que le dieron". Además, figúrate si iban a querer llegar a una escuela donde todos hablaran otro idioma y no entendieran ni papa.

Valentín asiente, muy de acuerdo con la reflexión de su amigo.

–Aunque un aspecto muy importante del Porfiriato fue la enseñanza, pues se pretendía lograr el orden y el progreso del país de esa manera, muy pocas personas de origen indígena se interesaron en asistir a la escuela y eso que se impusieron multas a los padres, no olvides que era más importante para ellos que sus hijos trabajaran y tener otro ingreso para sus casas, consideraban que sus niños perdían el tiempo en la escuela.

–Pues sí que era difícil cambiar ese chip –pensó Valentín tocándose la cabeza.

–Por ese motivo, durante el Porfiriato, la educación se centró generalmente en los niños de clase media y alta que vivían en la ciudad.

–Me encanta que sepas muchas cosas, Yoltic.

–Ahora nos trasladaremos a Orizaba, un año antes del Congreso Higiénico Pedagógico.

–Lo bueno es que cuando viajamos de ciudad a ciudad no

damos de vueltas en el torbellino, sino que es como una resbaladilla; más divertido, pues no me mareo con letritas y colores.

–Ya estamos en Orizaba, en la Alameda Central. En aquella enorme casona se va a realizar la Primera Exposición Veracruzana de Ciencias, Arte, Industria y Agricultura. Hoy es 15 de diciembre de 1881, viene gente de todo el país y también del extranjero, va inaugurar el evento el gobernador del estado, el señor Apolinar Castillo.

–Nos vamos a divertir un titipuchal, aunque no sé qué tenga que ver esto con mi escuela –dijo Valentín encogiéndose de hombros.

–Pon atención –le reclamó Yoltic un poco molesto.

–Bien, mientras tanto veo que hay aquí... ¡Yupi!, maderas, café, tabaco, vainilla, bordados y artesanías –enumeró mientras miraba y tocaba las cosas.

–Pero ahora viene lo mejor, observa ese señor güerito que se acerca al gobernador, es el profesor alemán Enrique Laubscher, para bien la oreja y escucha lo que dicen:

"Señor gobernador, soy el pedagogo Enrique Laubscher, egresado de la Normal de Alemania, pienso que, como dice el presidente Porfirio Díaz, hay que establecer un avance significativo en la educación de los niños mexicanos; yo le propongo a usted que le presente al señor presidente lo conveniente que sería que en las escuelas de instrucción primaria se adopte el método moderno de enseñanza que pusieron en práctica los señores Pestalozzi y Froebel en Europa dando excelentes resultados y, para que usted tenga conocimiento del mismo, le sugiero que convendría construir en esta ciudad una escuela modelo, donde los profesores aprendieran dicho método, acreditado por mi experiencia".

"Señor Laubscher, estoy totalmente entusiasmado y quiero cerciorarme de la bondad del nuevo sistema de enseñanza, por lo tanto, le propongo que, dentro de setenta días, al terminar la feria, se plante en este edificio la escuela modelo, le daré todos los recursos necesarios y un sueldo de $150.00 mensuales;. a cambio, dentro de seis meses, vendré a observar los adelantos educativos de los alumnos".

–Como te dije, Valentín, un mes después fue el congreso y se dio a conocer este método que todavía no había tenido resultados, pero esperaban que funcionara favorablemente. Ahora vamos seis meses más tarde, dale la vuelta a la hoja.

El profesor Laubscher invitó al señor gobernador, así como a algunas otras personas notables del gobierno, a que fueran a presenciar los rápidos adelantos de sus alumnos en el reconocimiento que se les iban a otorgar en su visita.

–Todos aplauden emocionados, están muy contentos con los resultados –observó Valentín alegremente.

–Por supuesto, los niños están aprendiendo materias nuevas e interesantes como francés, inglés, gimnasia, español, matemáticas, canto, dibujo, caligrafía, historia, ciencias naturales, civismo… pero tenían un problema.

–¿Cuál problema?

—Había que formar profesores muy bien preparados y nació la idea de fundar una escuela para maestros en la capital del estado de Veracruz que, como te había mencionado, en ese momento era Orizaba. Una nota interesante es que se le llamó Escuela Normal porque debería seguir la norma ideal de preparación para profesores de las escuelas cantonales.

—Yoltic, ¿qué significa cantonales?

—¿Ya se te olvidó? Pues, te lo vuelvo a repetir. Anteriormente en México, un cantón era una zona territorial que contenía varios municipios y, según la nueva ley, debería haber por lo menos una escuela cantonal en cada ayuntamiento, esta sería la encargada de recibir a los mejores maestros quienes prepararían a los demás profesores del municipio. Poco tiempo después se trasladó la escuela de maestros a la ciudad de Xalapa y quedó a cargo el maestro suizo Enrique C. Rebsamén.

—Si era suizo, también sabía hacer queso —rió Valentín pícaramente pero a Yoltic no le causó gracia—. No te molestes amigo, ya entendí por qué a mi escuela le dicen "Cantonal".

—La escuela cantonal de Orizaba llamada "Modelo" se fundó el 5 de febrero de 1883 junto con la Normal, las otras escuelas cantonales aún no trabajaban.

—¡Mi escuela sí!

—Sí laboraba, pero como Liceo Cordobés, pues tuvieron que hacer muchos cambios en los edificios, así como en las materias y los años de estudio.

–¿Cambios cómo cuáles?

–En este momento que estamos aquí en Orizaba puedes darte cuenta que el edificio de madera que se utilizó para la feria se sustituyó por paredes de mampostería y techo de teja, se le pusieron retretes adecuados para los niños, mobiliarios escolares y bebederos. Se procuró también que los planteles contaran con patios de recreo. Tenían como personal escolar un director, un subdirector, tres profesores y un intendente. Se ensayó por primera vez para crear una escuela primaria de seis años.

–Pues antes ¿en cuantos años se estudiaba la primaria?.

–En cuatro.

–¡Fantástico!, terminaríamos antes de estudiar.

–No, Valentín. Era una enseñanza incompleta.

–Lo bueno es que me gusta ir a la escuela.

–Lo más importante es que deseaban que los niños aprendieran razonando, no memorizando. En 1887 se fundaron en todo el estado de Veracruz, las escuelas cantonales, por órdenes del gobernador Juan de la Luz Enríquez.

–¿Dónde se fundaron y cuántas eran?

–Con calma, Valentín, ¡no te emociones tanto! Fueron dieciocho escuelas, una en cada cantón: Acayucan, Coatepec, Córdoba, Cosamaloapan, Chicontepec, Huatusco, Jalacingo, Xalapa, Minatitlán, Misantla, Orizaba, Papantla, Tampico, Tantoyuca, Tuxpan, Tuxtlas,

Veracruz y Zongolica –concluyó con su cara de sabelotodo. Todas exclusivas para niños.

–¡Nuevamente la discriminación! –reclamó Valentín cruzándose de brazos molesto.

–Sí, había un gran problema de educación, solo el doce por ciento de la población en Veracruz sabía leer y escribir a finales del siglo XIX. Por eso era importantísimo poner a trabajar a todas las instituciones para superar esos problemas de años.

–¿Cómo le iban a hacer?

–Pues, el estado le dio la responsabilidad a los ayuntamientos, a estos les correspondió mejorar y construir escuelas, realizar exámenes finales, brindar los apoyos materiales, seleccionar a los maestros adecuados, fomentar la asistencia y realizar reglamentos para cada escuela.

–Mucho trabajo realmente.

–Demasiado. Lo bueno es que el estado ya se había dado cuenta de ello y desde 1885 se fueron haciendo adecuaciones para el establecimiento del método moderno; como ya sabes, con los mejores maestros. Cuando se fundaron las escuelas cantonales en 1887, seguían con el apoyo del ayuntamiento, pero el gobierno estatal les asignó una cantidad económica que debían administrar para todas las escuelas de cada municipio.

–Hace un momento me quede con una duda, Yoltic.

–¿Qué será, Valentín?

–Cuando estábamos en 1882, en el Primer Congreso Educativo, se llamaba Congreso Higiénico Pedagógico y, por lo que yo entiendo, pedagógico se refiere a educación, pero ¿qué tiene que ver lo de higiénico?, eso se me figura como a papel de baño –rió Valentín a carcajadas.

–Otra vez con tus ocurrencias, amigo. Lo que sucedió fue que, al principio, todas las escuelas las hacían donde querían, como querían o como podían, en terrenos baldíos, en casas abandonadas, en ex conventos y estos no contaban con la limpieza, el cuidado, las condiciones ni el tamaño adecuado que debería tener un plantel educativo para que los niños pudieran desarrollar todas las actividades adecuadamente. Por eso fue que en 1882 se realizó dicho congreso, el cual fue convocado principalmente por el Consejo Superior de Salubridad, sobre todo porque eran frecuentes las epidemias. Figúrate un lugar con más de doscientos alumnos amontonados en un cuarto donde casi no se podían mover y sin contar con baños.

–¡Sin baños! –exclamó Valentín asombrado–, eso suena terrible.

–Así como lo escuchas. En muchas escuelas había que ir al monte…

–Pero, pensándolo bien y siendo yo un niño del siglo XXI, todavía faltan muchos cambios en las escuelas. Mi escuela es preciosa, está en el centro de la ciudad de Córdoba; sin embargo, no la veo tan bonita como me gustaría, me agradaría que se diera un cambio mejor, donde nuestras autoridades se preocuparan verdaderamente porque nosotros los niños tuviéramos espacios dignos de aprendizaje, ya que le falta pintura, mantenimiento y una salida de emergencia, algo muy importante, pues si llegáramos a quedar atrapados sería una tragedia.

–En todo eso tienes razón, Valentín.

–Otra duda que tengo...

–¿Cuál será ahora? –preguntó paciente Yoltic.

–En mi edificio escolar, por lo que hemos visto, solo hay espacio para una escuela, aunque antes eran dos edificios diferentes, juntos pero no revueltos; ahora hay muchas escuelas dentro del mismo edificio: un jardín de niños, una escuela vespertina y otra nocturna.

–Vamos, Valentín, poco a poco, terminamos con esto y luego te cuento por qué están esos colegios ahí.

–Muy bien, pues no es que seamos egoístas, pero también nos quitan espacio y creo que cada escuela debería tener su propio edificio.

–Continuamos, porque sino nos vamos por otro camino. Estábamos en...

–El Congreso Higiénico.

–Sí, pues ahí, por primera vez, se tocaron temas importantes como la iluminación natural, la ventilación, el mobiliario, los materiales, las dimensiones de las aulas que deberían ser de por lo menos seis metros cuadrados, de tamaño regular y no gigantesco como antes, ya que los alumnos se separarían por edad y aprendizaje; quedó reglamentado que las escuelas estuvieran alejadas de las fábricas, de los basureros, de los hospitales y lugares peligrosos. Debía haber un patio, áreas de juegos y personas encargadas del aseo. Ahora sí, con estas escuelas, se podía impartir el sistema moderno.

–Fue un gran cambio, Yoltic. Pienso que eso mejoró la educación en nuestro estado.

–Claro que sí, Valentín. El director de la Escuela Normal de Xalapa, Enrique C. Rebsamén, supervisaba personalmente los métodos de enseñanza, los exámenes anuales y el desempeño de los profesores que egresaban de ahí y que se colocaban en las escuelas cantonales para que reformaran todo el sistema educativo nacional durante el Porfiriato. El presidente tenía gran confianza y esperanza en estas escuelas y su sistema de enseñanza, convencido de que cambiarían la instrucción pública no solo en el estado de Veracruz, sino que convertiría a México en uno de los países más avanzados del mundo. Era un sistema tan adelantado para su época que tenía una gran amplitud de conocimientos aprendidos de manera racional, no memorística; es decir, que buscaba que los niños entendieran el tema y lo vivieran, con mucha relación con el progreso de las ciencias y el perfeccionamiento humano, se preparaba a los niños para cumplir sus obligaciones como ciudadanos de un país libre y, principalmente, querían desaparecer las odiosas distinciones que existían en la sociedad y que impedían que los hijos de los campesinos, artesanos y obreros pudieran estudiar debido a la necesidad de apoyar con el mantenimiento de su familia.

–Pero, me dijiste que no fue posible llegar a todas las comunidades por la falta de caminos, de escuelas, de maestros, recursos y demás... por eso las distinciones,

¿no?

–Así es, pero fue un gran adelanto para lograr que la educación llegara a todas las partes del país con los primeros maestros altamente capacitados.

–Quiero saber qué pasaba en mi escuela con tanto cambio, ¿podemos ir a ver, Yoltic?

–Claro, Valentín. Daremos un saltito para Córdoba.

¡Ahí vamos!

*"No estudio por saber más,
sino por ignorar menos"*

Sor Juana Inés De La Cruz

CAPÍTULO 7

La escuela cantonal de Córdoba

–Vaya, ya estamos en la calle de mi escuela, aunque está empedrada y llena de carritos de mulitas –comentó Valentín.

–Así era en el siglo XIX. Observa que el edificio está en reparación para contar con todos los requerimientos necesarios del Congreso Higiénico Pedagógico, las ventanas se están haciendo más grandes, los salones más pequeños, colocan mobiliario adecuado y baños.

–Sí, veo los cambios, Yoltic. El liceo que era la escuela primaria anterior ya no está en el edificio de la secundaria de bachilleres y remodelan donde ahora está mi escuela actual, pero, ¿dónde se encuentran los niños?

–Están trabajando por el momento en la casa número 10, la que posteriormente será el Teatro Pedro Díaz, allá enfrente de tu escuela. Como ya había investigado, aquí solo vendrán a trabajar profesores egresados de la Escuela Normal por períodos de dos años y obteniendo experiencia también dando cursos a los profesores de los municipios; estos maestros estaban comprometidos con la sociedad de su tiempo, además de dedicarse a educar eran escritores, participaban en eventos culturales, cívicos, políticos y científicos. Mira, ya quedó lista la escuela y van a hacer la inauguración.

–¿Cuándo?, ¿dónde? –preguntó Valentín con cara de consternación.

–Observa, todos los integrantes del ayuntamiento entran para leer y firmar el acta de la Sesión de Cabildos llevada a cabo hoy 3 enero de 1888, Para las orejas y escucharás los acuerdos.

Un señor con traje de frac y sombrero leyó en voz alta los convenios:

"Primero, la escuela cantonal denominada "Francisco Hernández y Hernández" en honor al señor ex gobernador fallecido en 1882, se inaugurará oficialmente el próximo día 9 de enero, conforme al programa que acuerde la comisión respectiva, participándose al ciudadano gobernador a quien se suplicará tenga a bien honrar con su presencia dicho acto.

"Segundo, a reserva de hacer en ocasión posterior el nombramiento de profesores de grupo y conserjes en su totalidad, expídase el de director y subdirector en favor respectivamente de los ciudadanos Joaquín E. Ortega y Rómulo F. Oliva comunicándoles dichos nombramientos.

"Tercero, comuníquese a la tesorería municipal que queda aprobado el gasto que económicamente haya de contribuir la comisión en el acto de que se trata.

"Cuarto, por ningún motivo y bajo ningún concepto deberían establecerse dentro de las escuelas cantonales los jardines de niños, pues estas escuelas son totalmente distintas a las anteriores y requieren edificios especiales y cuerpo de profesores adecuados a su fin y a su organización".

–Y yo insisto, Yoltic, ¿qué hace un jardín de niños dentro de mi escuela, si dicen que no tiene las condiciones adecuadas?

–No te desesperes, Valentín, ya luego lo sabrás. Pero, mira, ya estamos, el día 9 de enero los niños ingresan a la escuela y, como escuchaste en la lectura del acta, hay un director, un subdirector y solo tres profesores; el primero se encargaba de primero y segundo, o sea, nivel I, el siguiente del tercero y cuarto, o sea, nivel II y, por último, el nivel III de quinto y sexto, cada nivel tenía por lo menos cincuenta alumnos y para formar otro grupo debían de pasar de ochenta. En total empezaron con doscientos cincuenta y seis alumnos. Cuando inició a laborar la escuela cantonal, el edificio de la capilla se utilizaba para que fuera un salón de actos.

–Pero ahora no podemos hacer uso de esa instalación, ¿qué ocurrió?

–Solo un poco más, Valentín, ya vamos llegando para que entiendas toda la historia de tu escuela. Las clases se impartían de 8 de la mañana a 12 de la tarde y de 3 a 5 p.m. Para los niños que no podían asistir durante el día, padres de familia, obreros y campesinos, se daban clases nocturnas de 7 a 9, de esta manera quedaron en el mismo edificio las escuelas matutina, vespertina y nocturna, que al principio eran una sola pues tenían a los mismos profesores y directores, inclusive en la mañana y en la tarde los mismos niños, eso se hizo para que aprendieran más materias y pudieran avanzar más rápido y el 17 de agosto de 1888 se le pidió al director de la Normal, Enrique C. Rebsamén, que visitara la escuela para que viera como estaba laborando.

–Ya entiendo por qué en mi escuela hay tantos turnos, pero aún no sé por qué está el jardín de niños, ya que en el acta se dijo que quedaba totalmente prohibido su instalación en el mismo local. Igual te seguiré escuchando hasta que todo sea aclarado.

–El 18 de agosto de 1888 surge un problema monumental, Valentín. ¿Quieres saber qué es lo que ocurre?

–Por supuesto, Yoltic, me encanta el misterio.

–Pues los maestros solicitan ausentarse un mes durante el verano, ya que en esos años eran muy frecuente las epidemias durante los meses de calor. Las autoridades les niegan el permiso argumentando que tienen un mes de vacaciones en invierno y descanso los domingos y quien desobedezca tendrá pena de pérdida de su trabajo. No obstante, el director, Joaquín E. Ortega, quien es también periodista, envía una nota a la ciudad de Veracruz con el subdirector Rómulo F. Oliva, su intención es que la publiquen y dice que el gobierno se niega a dar el mes de descanso. Aunque ve el peligro en que se encuentran los niños, pierde su trabajo en esa escuela y lo sustituye el maestro Ignacio Vázquez Trigos.

–Y ¿a dónde se fue a trabajar el maestro Joaquín E. Ortega?

–El fue director de la Escuela Normal de Tlaxcala, de la Normal de Chiapas y fundó el diario La Brújula en Puebla. Todo para que al año siguiente, el 12 de junio de

1889, sí les dieran el mes de vacaciones a los maestros para evitar que los alumnos se enfermaran. ¿Quién los entiende, no? –dice Yoltic encogiéndose de hombros–. Se me olvido contarte algo importantísimo que ocurrió a nivel internacional, cuando el 23 de junio de 1888 llegó a las escuelas cantonales una invitación sellada y firmada con un cuestionario para los directores, de los cuales escogieron un comité para asistir a la feria que se realizó al año siguiente en París, ahí se dio a conocer en el pabellón de educación de México el método moderno que se estaba utilizando para la enseñanza.

–Estupendo, Yoltic, quiere decir que las escuelas cantonales fueron reconocidas a nivel internacional.

–Aunque, fíjate que también había otros problemas. Asomémonos en la esquina del Colegio Preparatorio, el director inscribe alumnos.

–Sí, ya lo estoy viendo, pero se ven muy chiquitos.

–Así es. Como en esa época no era necesario que llevaran papeles, está apuntando niños de cuarto y quinto en primero de secundaria.

–A poco no se dio cuenta el director de la escuela primaria –indagó Valentín.

–Claro que sí, aunque no fue inmediatamente. Entonces puso una queja al ayuntamiento, donde se extendió una acta que decretaba totalmente prohibido pasar alumnos a secundaria sin concluir la primaria; sin embargo, el Colegio Preparatorio vuelve a inscribir en 1891 alumnos sin terminar la primaria, lo que resulta en que se determine que solo serán admitidos al presentar un certificado de primaria expedido por la escuela cantonal y los foráneos que diga que tienen concluida la primaria, deberán presentar también examen en la escuela cantonal para darles dicho documento... ¡Ya me acordé de algo más, Valentín!

–¡Me asustaste! Di un brincote, Yoltic. ¿De qué te acordaste?

–Del colegio de niñas que se llamaba Colegio de Santa Ana, ese que abrían y cerraban por falta de dinero; pues, en 1880, lo volvieron a abrir, pero ya no dentro de este edificio sino en donde están los portales de Zevallos, con el nombre de Escuela Primaria Superior para Niñas a cargo de la directora Francisca Septien de Calatayud. Lo más importante es que ya les enseñaban a las niñas geografía, aritmética, contaduría, música, dibujo, geometría, ciencias naturales, secretariado, francés, inglés, español, lógica, higiene y economía doméstica. Fue una de las escuelas más completas para alumnas en el estado.

–Excelente avance, un paso más a la equidad de género, ¡ahora brinco de alegría! –celebró Valentín.

–Durante el gobierno de Porfirio Díaz, las escuelas cantonales fueron un éxito, por lo menos dentro de las ciudades y en los municipios cercanos. Se puso mucha atención en el pago puntual de los sueldos de los maestros, en la construcción y mejoramientos de los edificios, en el apoyo y adquisición de muebles y útiles de enseñanza y se contaba con recursos financieros para su mejoramiento.

–Excelente, Yoltic, qué bueno que en ese tiempo el

gobierno daba la importancia requerida a la educación.

–¿Sabes, Valentín? En 1896, también en la escuela cantonal, se preparó por primera vez a los niños para tocar en una banda de guerra, esto sirvió para desarrollar en los alumnos el nacionalismo, sustituía las órdenes a viva voz por toques militares para dar mandos a grandes grupos y era parte de la educación recibida en los planteles de educación primaria. Y también en ese año tu escuela fue el primer plantel educativo que contó con luz eléctrica.

–Increíble, yo pensé que las primeras bandas de guerra eran de Francia, pero me da mucho gusto que hayan nacido en México, la "Cantonal" fue de los primeros colegios avanzados en su época, ¡es maravilloso! – aplaudió Valentín mientras saltaba emocionado.

–Durante esta etapa de la historia hubo muchos grandes maestros reconocidos nacional y mundialmente, tales como Adalberto Casas Rodríguez, Guillermo A. Sherwell, Antonio Salas, Carlos A. Carrillo, Enrique Peña, Luis Beauregard y muchos más y se reglamentó de manera muy estricta la conducta de estos profesores.

–¿Cómo se reglamentó, Yoltic?

–Ya te lo había dicho, estaban bien pagados, pero además tenían que ser ejemplares y firmar un contrato con los siguientes acuerdos... Espera un poquito para que me acuerde, Valentín, mi memoria ya tiene siglos, tú comprenderás:

1. La hora de entrada de todos los profesores y el director durante las mañanas será de 7:30 y

en las tardes de 1:45.

2. Que todo el personal, incluyendo al director, debían estar concentrados en su trabajo de enseñar y atender situaciones escolares en beneficio de los alumnos. Quedaba prohibido, durante las horas de clases, ocuparse en otra labor distinta que no sea la de educar.

3. Preparar las clases en su casa y no improvisar dentro de las aulas.

4. Mantener en la escuela vigilancia diaria y continua de los alumnos, obligación del director y los maestros, en ningún caso quedarán los niños bajo la sola vigilancia del conserje.

5. Evitar que haya más de dos alumnos que se reúnan en el baño.

6. Durante las horas de recreo, cada maestro vigilará a sus alumnos, a fin de evitar accidentes o situaciones perjudiciales para los niños.

7. El regidor de instrucción pública es quien inspeccionará para que esto se lleve a buen término. Como no hay policías de cuadra, las vigilancias al plantel las realizarían los maestros de la escuela por las tardes.

–Todos estos maestros fueron muy importantes y llegaron a fundar escuelas primarias normales en otros estados.

–Estoy maravillado de poder conocerlos, Yoltic, son personas extraordinarias que mejoraron mucho la educación en nuestro país.

–Así es, Valentín, en esa época las epidemias, como te había dicho, eran muy frecuentes y de 1899 a 1900 la escuela se cerró por un año por la fiebre amarilla o vomito negro, la cual se extendió desde Veracruz a Orizaba y Córdoba.

–Eso sí que era feo, casi todo el tiempo había epidemias.

–Lo que pasaba era que había pocos médicos y la ciencia no estaba tan avanzada como en tu época. Continúo mi charla, pues el 12 de mayo de 1910 se pusieron de acuerdo para definir qué manera era la adecuada para instalar una serie de academias que permitieran actualizar el aprendizaje de los alumnos de todo el país de modo que no se perdiera la enseñanza de tipo moderno que estaba dando tan buenos resultados y solo se les ocurrió que los mismos maestros de las escuelas cantonales fueran los portavoces para ir apoyando a las escuelas más atrasadas.

–¡Bravo!, todo va por buen camino –saltaba de gusto Valentín.

–Sin embargo, ahora se avecina una etapa de muchos cambios en Veracruz y en el resto de la república y los pocos avances que se habían logrado en educación, tuvieron en algunos lugares un estancamiento y en otros un retroceso –reconoció Yoltic con cara triste.

–¿De qué me estás hablando, Yoltic?

–De la Revolución. Vamos dale vuelta a la hoja.

*"Siempre hay que luchar
por un mundo donde
seamos socialmente iguales,
humanamente diferentes
y totalmente libres"*

Rosa Luxemburgo

CAPÍTULO 8

Inicia La Revolución

–Más vueltecitas de estas, con letras y lucecitas y para fuera mi comidita.

–Con tanto viajecito, deberías estar ya acostumbrándote.

–Ni tanto. Creo que debemos traer a un técnico en torbellinos del tiempo para que adapte el viaje de lujo con asientos súper confortables –bromeó Valentín tocándose la panza–; al menos es divertido, aprendo mucho mientras se me revuelven mis tripitas.

–Te ubicaré mientras te recuperas. El 20 de noviembre de 1910 estalló la Revolución en México, pero esto ya se venía rumoreando desde 1905 en varios estados. En muchos lugares se querían cambios pues ya Porfirio Díaz había permanecido más de treinta años en el poder y sus ayudantes eran siempre los mismos.

–Pues sí, ya estaban bastante ruquitos –comentó Valentín.

–Muchos querían gente nueva en el gobierno, con ideas actualizadas aunque, según algunas biografías de maestros que nacieron a finales del Porfiriato, en sus poblados no les iba tan mal y eso que eran gente del pueblo, como cuenta el maestro Fidel Medina, que dice que en su pueblo de Xoxocotlán, en Oaxaca, los campesinos vivían pobremente pero bien y así relatan otros, solo en algunos estados había situaciones con el reparto de tierras. El problema mayor estaba en las fábricas pues relativamente era algo nuevo y no había leyes que las rigieran, por lo que los dueños abusaban, pero eso pasaba en todos los países, había huelgas en muchas partes del mundo. En cuanto a la educación, el cambio era lento, pero iba bien; lamentablemente, la historia la escribe quién gana y en 1911 cayeron las autoridades establecidas y se instituyó un nuevo régimen.

–O sea, que todo se puso patas para arriba –se adelantó Valentín.

–Ven, vamos al tobogán, nos vamos a deslizar a la ciudad de Xalapa, ahí el gobernador sustituto, Manuel María Alegre, mandó a Córdoba como inspector de instrucción pública al profesor Leopoldo Rodríguez Calderón, con un sueldo de $150,00 y además con la promesa de pagarle el local, la secretaría, el conserje, el mobiliario y que controlaría las escuelas de todo el cantón de Córdoba; hasta ahí todo bien, pero la dificultad se presentó al indicarle al jefe político los gastos de la inspección, que eran mayores a los $225.00 mensuales.

–¡Era poquito, Yoltic!

–Estamos hablando de 1911, Valentín. Le escribieron al gobernador, pero ya no era el mismo, ahora quien gobernaba era Francisco Lagos Chazaro, quien solamente estuvo unos meses y les contestó que no había dinero, ni forma de obligar a los ayuntamientos para ese pago pero, en lo que se reunía el dinero, podía ocupar un espacio en la escuela cantonal. En abril se cerró la inspección escolar, quedando a deber al maestro.

–Otra situación injusta y triste –volvió a reclamar Valentín con su cara de disgusto.

–El 8 de febrero del próximo año, la Escuela Municipal de Niñas, la que se fundó junto con la escuela de niños, fue elevada a la categoría de Escuela Cantonal "Ana Francisca de Irivas" –anunció animado Yoltic.

–¡Al fin un derecho de igualdad!, ¡yupi! Siquiera hay algo bueno, Yoltic.

–Las escuelas cantonales deberían tener el control de todas escuelas elementales y superiores del cantón y vuelven a remarcar que por ningún motivo y bajo ningún concepto deberán establecerse dentro de las escuelas cantonales las llamadas escuelas de párvulos, o sea, los jardines de niños, pues estas son totalmente distintas a las anteriores y requieren de un edificio especial y adecuado.

–Pero en mi escuela sí está el jardín de niños y luego no podemos jugar –agregó Valentín con su cara de molestia.

–Te dije que te lo voy a explicar, pero todavía no llegamos a ese punto. También siguen las multas de 50 centavos para los padres que no lleven a sus hijos a las escuelas, ese dinero se debe utilizar para comprar útiles escolares y los primeros programas de enseñanza que se realizaron en 1868, pero ahora se daban a conocer en todo Veracruz con el nombre de Ley Orgánica de Instrucción Pública.

–Muchísimo tiempo atrás, Yoltic.

–Sí, pero pocos los conocían, pues no les habían dado copias de los mismos. La ley fue aprobada bajo la presidencia de Benito Juárez y puesta en marcha en 1891, dando las bases de la educación laica, gratuita y obligatoria. Y laica no es el nombre de una perrita – broméo Yoltic riendo–, significa que no depende de ninguna organización religiosa.

–Ya se te están pegando mis chistes, mi amigo. Me interesa saber, ¿cómo los dieron a conocer? ¿Los publicaron en el periódico o en el internet?

–No, no, Valentín, era un gran trabajo, pues todos los documentos se debían escribir a mano y pasarse de las escuelas cantonales a las municipales y de éstas a las rurales, el original se regresaba al gobierno del estado y se revisaba que todas las copias fueran exactas.

–Púchale, si a mí me da flojera escribir un renglón... ¡estar escribiendo varios documentos y pasarlos a mano era cansadísimo! ¿Qué no había imprenta, Yoltic?

–Pues sí, pero solo se ocupaba para imprimir libros y documentos muy pero muy importantes, toda la correspondencia era a mano con letra cursiva y en algunos lugares ya utilizaban máquinas de escribir.

–¿Letra qué? –preguntó Valentín confundido.

–Cursiva, era toda la letra unida, se veía muy bonita, pero no era tan rápido de escribir como es en tu época, pues tenían tinteros y plumas que debían saber utilizar para no manchar el papel y que la letra quedara bonita.

–¿Y las máquinas de escribir? Yo casi no las conozco pero sí he escuchado de ellas...

–Era lo más moderno, pero también era muy caro; pocas personas las sabían utilizar, era como una computadora, donde le metías el papel y debías de dar teclazos, pero si te equivocabas había que borrar con mucho cuidado con goma o de plano volver a hacer el escrito. También, durante el gobierno de Francisco l. Madero, se continuó lo que se había empezado ya en la época del Porfiriato, se aumentaron las escuelas rurales y se incrementó el presupuesto a la educación; con esos primeros cambios y algunos errores, todo iba más o menos bien, pero el 22 de febrero de 1913 asesinaron al presidente Francisco I. Madero y al vicepresidente de la república José María Pino Suarez.

–¿Quién lo mató, Yoltic?

–Fue Victoriano Huerta, este hecho sí vino a darnos al traste a todos, pues era un hombre muy cruel. Pero hay algo muy interesante que se me paso decirte y es que debajo de la ciudad de Córdoba hay túneles, por donde dicen que las personas escapaban durante las guerras.

–¿Túneles?

–Sí, Valentín. Comentan que sirvieron de comunicación para los sacerdotes y gente importante de la ciudad, de esa manera podían moverse bajo tierra sin ser vistos, otros dicen que es el desagüe pluvial, pero es muy extraño que este "drenaje" gigantesco tenga el espacio para un hombre en carreta y comunique a todas las iglesias y capillas del lugar.

–Claro que es muy extraño... ¿Y eso qué tiene que ver con mi escuela?

–Pues tu escuela fue convento y cuando realizaron obras de remodelación encontraron una entrada que ahora está cerrada.

–¿Y cuando hicieron los túneles, Yoltic? Tú que lo sabes todo.

––Hay personas que dicen que fue en época de La Colonia y otras que creen que fue durante La Revolución.

–Y tú, ¿cuándo crees que los hicieron? –insistió Valentín.

–Yo vi que los excavaron durante La Colonia, pero en esta época de Revolución y también antes de este periodo, fueron utilizados frecuentemente.

–Estaría estupendo que los volvieran a abrir, ¿no crees, Yoltic? Servirían de atractivo turístico de la ciudad.

–Sí pero, desafortunadamente, están en muy malas condiciones y más que un atractivo sería un peligro abrirlos.

–Yoltic, enséñame el mapa de esos túneles.

–Claro Valentín, obsérvalos bien. También te voy a mostrar cómo son esos túneles por dentro.

Túneles secretos de Córdoba

"La educación de los niños es algo que no debe pasar inadvertido para los gobernantes ni para los ciudadanos"

Francisco Villa

CAPÍTULO 9

La Revolución continúa

–La rebelión se puso color de hormiga, amigo Valentín, tal como lo contó el maestro Fidel Medina, quién se encontraba en Oaxaca.

–Todavía hay más…

–¿Quieres que te lo cuente o vamos a Oaxaca 1913?

–¡Vamos! –aceptó Valentín entusiasmado al recordar que viajarían por tobogán y no a través del torbellino de colores.

–Mira a ese jovencito, es el maestro Fidel, tiene unos 14 años, su mamá acaba de morir de tifoidea. Cuando ella vivía, el país estaba en paz y él quería ser militar, pero ahora se metió a estudiar a la escuela Normal de Oaxaca; si observas, es más pequeña que la de Xalapa, asisten aproximadamente treinta alumnos y la preparación es más elemental.

–Todos están muy asustados, Yoltic.

–Y no es para menos, de esos treinta jóvenes sólo tres terminarán sus estudios, el resto morirá o se irán a la bola.

–¿Qué es eso de la bola?¿ Un partido de fútbol?

–No, Valentín, eran grupos de personas que se unían a la lucha a favor de algún líder, por lo general sin saber por qué, pues todo se volvió un lío. Muchos de ellos sacaron ventaja de esos grupos guerrilleros que llegaban a los poblados, mataban a los hombres, maltrataban a las mujeres y muchas veces quemaban todo el pueblo. La gente estaba aterrorizada, muchas personas ni sabían qué era la Revolución.

–Eso está muy feo, Yoltic.

–Feo es poco. En varios estados de la república mexicana fueron destruidas muchas comunidades, había hambre y las epidemias aumentaron por la falta de higiene, renunciaron varias autoridades, algunos maestros fueron perseguidos por defender sus ideas, ya que se les consideraba en algunos grupos como parte del Porfirismo; tuvieron que irse al extranjero porque si no eran asesinados, muchas escuelas fueron clausuradas y el sueldo de los profesores fue suspendido.

–¿Y qué pasaba en ese momento en mi escuela? –preguntó Valentín con preocupación.

–Mejor no te lo cuento y te llevo para que lo veas con tus propios ojitos.

Tocaron el libro y este los succionó como una aspiradora. Llegamos al 23 de abril de 1914.

–Mi impaciencia sí que es grande, ni tiempo tuve para sentirme mal con el remolino y las lucecitas –dijo Valentín.

–El ejército constitucionalista tomó las instalaciones de

tu colegio para transformarlo en cuartel general.

–¿Y los niños? ¡Nuestro derecho a la educación es muy importante y fundamental! –reclamó Valentín afligido.

–Así es. Observa, a todos los niños que asisten a la escuela cantonal de varones los colocan en un salón de la capilla, eran más de doscientos alumnos y tenían condiciones antihigiénicas.

–Solo tienen un baño...

–También el alcalde municipal comunica al director de la cantonal de varones, que la escuela rural de Buenavista está cerrada, pues fue destruida por las fuerzas villistas y lo que queda de los muebles y útiles se llevarán a su colegio para su resguardo. Para colmo de males, el Puerto de Veracruz es invadido por las tropas estadounidenses el 22 de noviembre de 1914 para evitar que llegara el apoyo al general Venustiano Carranza; mientras tanto, mira al director Antonio Quintana, muy preocupado, está redactando valientemente una carta donde solicita al general Venustiano Carranza la devolución del plantel "Cantonal". La orden de desalojo militar se da un año después, el 23 de abril de 1915, dejando la escuela en pésimas condiciones.

–O sea, el que mi escuela no esté en buenas condiciones viene desde esa época. Los niños necesitamos un lugar digno para estudiar y las autoridades no piensan en nosotros –Valentín se pone muy triste y le ruedan dos lágrimas.

–Para componer los desperfectos se necesitaban ocho mil pesos de esa época. Con ayuda de los maestros y los padres de familia, se restaura la escuela y se reinician las labores en el plantel hasta el mes de septiembre.

–Se perdió algo de tiempo –señaló Valentín aún afligido.

–Sí, pero después de la tempestad viene la calma, amigo. Sacando del poder al feo de Victoriano Huerta, se realizó una convención revolucionaria donde quedaron como encargados de educación José Vasconcelos, Joaquín Ramos Roa y Otilio Montaño. Esta nueva propuesta defendía la federalización educativa pública, es decir, la misma enseñanza para toda la república mexicana.

–Muy bien, pues todos tenemos los mismos derechos.

–Sí, ya oí esa cantaleta, pero tienes razón, Valentín.

–Ese soldado que ves allá es Cándido Aguilar, gobernador del estado, quien el 28 de enero de 1915 dirigió una carta a los mejores profesores de los diferentes niveles educativos de Veracruz para que se reunieran a discutir sus ideas sobre un plan escolar que pudiera satisfacer las necesidades que reclamaban los ideales revolucionarios. Hubo dos periodos del congreso, el 15 de febrero en el Puerto de Veracruz y el 01 de junio en Xalapa y tu colegio estuvo representado por el profesor Antonio Quintana, director de la escuela, quien tuvo una destacada participación y la delegación de Córdoba se integró también con los doctores Manuel Suárez Trujillo, Manuel Galán Rico y Enrique Herrera Moreno, profesores del Colegio Preparatorio.

–¿Qué cambios hicieron en la educación, Yoltic?

–Pues mira, Valentín, las escuelas van a recibir más

apoyo del estado, no solo del ayuntamiento, se realizarán programas generales de enseñanza tomando en cuenta el desarrollo y la naturaleza de los niños, se hará una inspección médica y educativa de los planteles, elaboración de exámenes y materiales de enseñanza, la mejor preparación del maestro. Se decidieron por una educación práctica, enseñando trabajos manuales, economía doméstica y reconocieron que en las escuelas rurales era necesario difundir la enseñanza tomando en cuenta las experiencias agrícolas e industriales. Las escuelas cantonales desaparecerían como las encargadas de la administración y apoyo de la instrucción pública, dejando ese deber a las inspecciones y Secretaria de Educación.

–¿Entonces el cambio fue bueno, Yoltic?

–Para las escuelas rurales sí, pues fue más práctico y relacionado con lo que sabían los niños sobre el campo o sobre talleres como carpintería, panadería, corte y confección para las niñas, pero las cantonales tuvieron que adaptarse, ya que desaparecieron varias materias que eran útiles para los niños de la ciudad.

–¿Cómo cuáles?

–Inglés, francés, gimnasia, música y alguna otra – contestó Yoltic.

–Creo que eso nos falta aprender ahora en las escuelas de hoy –reflexionó Valentín sonriendo.

–Como estaban muy motivados los profesores por el congreso que tuvieron para mejorar la educación en el estado y acabar con la guerra, el 23 de marzo de ese año el doctor Enrique Herrera Moreno, quien era secretario de educación del gobierno de Veracruz, envía al director de tu escuela, el profesor Antonio Quintana, esa carta que está escribiendo y donde le pide que haga extensiva una invitación a su profesorado para formar la Liga de los Maestros Veracruzanos, para beneficiarse del comercio de ideas entre los asociados y lograr su objetivo principal, pero fue casi imposible organizarse. Aun así, los maestros lucharon como verdaderos héroes de la justicia para fundar escuelas nuevas en los alrededores, para que los niños aprendieran.

–Sí que son unos superhéroes, todo era muy difícil.

–Así es, Valentín y aunque no tenían capa, ni superpoderes, solo una gran voluntad, los docentes de la liga de educación consideraron necesario proceder a formar una biblioteca escolar en el plantel educativo más importante de la ciudad, solicitando la ayuda de todos los ciudadanos y dirigir los oficios a las juntas de educación de la zona escolar y del estado. Esta biblioteca la hicieron en la capilla, que se encontraba anexa a tu escuela.

–Por eso los veo convenciendo a la gente para que aporte los libros que son muy necesarios para la enseñanza de los niños, ¡eso es estupendo, Yoltic!

-Sí y como algunos maestros venían desde lejos, también pedían que no les cobrarán el pasaje del tranvía para poder llegar a sus escuelas. ¡Ah!, también a partir de 1916 se empezaron a realizar los actos cívicos en las escuelas para que en los niños naciera el espíritu patriótico y el amor a México. Pero todo fue muy difícil, Valentín, la guerra había dejado sin recursos al país, muchos maestros solicitaron su renuncia y el gobierno pedía profesores y directores para las escuelas. Eso me desalienta cada vez que lo vivo. Figúrate que, aún con tanta carencia, los maestros contribuyeron con tres pesos de su salario de esa época para poder reparar los desperfectos más urgentes que había dejado la guerra en sus pueblos.

–Qué angustia para todos y aun así los profesores ayudando con lo poco que tenían para rescatar sus colegios y sus poblados...

–Muchas escuelas fueron reubicadas, ya que venían de ser ocupadas o desmanteladas por grupos guerrilleros y algunas ya habían crecido tanto que no cabían más alumnos, como la Escuela Cantonal de Niñas "Ana Francisca de Irivas", la cual se trasladó de los portales a la que había sido la casa de la señora de Irivas, la "Mascarón". Ahí está, mira.

–Pero lo que veo es un patio de vecindad sucio, maloliente y con muchos bichos –observó Valentín.

–Tienes razón y la directora, Luz María Quirós, se rehusó a que sus niñas entraran ahí hasta que el ayuntamiento hiciera limpieza y se deshicieron de tanto bicho.

–¿Y lo hicieron, Yoltic?

–A medias. pues limpiaron y desinfectaron, pero la construcción permaneció así por muchos años hasta que se reconstruyó en 1950.

–"Más vale tarde que nunca" –dijo Valentín.

–En algunos lugares de los alrededores, como la Hacienda de San Francisco Toxpan en Córdoba, solicitaron urgentemente profesores, pues había muchos niños y no recibían clases debido a que los docentes anteriores se fueron por miedo a que llegaran los revolucionarios hasta allí. Los contrataban y les pagaban cien pesos.

–Qué bueno que buscaban soluciones, pues era importante que todos los niños estuvieran en la escuela – reflexionó Valentín.

–En esa época, como te dije antes, los carrancistas habían destruido muchas cosas de tu escuela, como los mesa bancos para los niños y el director de la secundaria prestó este mobiliario. En la escuela nocturna de mujeres no había luz, esta sí se había quedado en la esquina donde en tu época está una cafetería, esa donde saborean ese riquísimo brebaje –recordó Yoltic con carita de antojo– y por ello, para estudiar por las noches lo, hacían con velas. El profesor De la Llave pidió que también se colocara ahí luz con lámparas de petróleo si no se podían poner focos eléctricos como en la escuela nocturna de varones.

–¡Excelente!, se sacó un diez el profesor De La Llave – aplaudió Valentín.

–¿Te acuerdas que en 1914 Orizaba era la capital del estado? Pues en 1916 la capital pasó a ser Córdoba, por eso en ese año se fundaron varias escuelas. El director general de educación, Manuel C. Tello, consideró que era muy importante darle visibilidad a la capital a pesar de la Revolución. Si quieres, vamos a hacer un recorrido por la ciudad, Valentín.

–¡Sí! Quiero ver cómo era Córdoba como capital del estado.

–Bueno pues, salimos a la calle para que te explique lo que

ves.

Los dos salen de la escuela rumbo a hacer un recorrido por las calles de la ciudad.

*"Nuestro destino de viaje
no siempre es un lugar,
sino una nueva forma
de ver el mismo sitio"*

Henry Miller

CAPÍTULO 10

Córdoba como capital del estado
de Veracruz en 1916

–Mira, Valentín, en este momento el municipio está formado por trece congregaciones que son: Barreal, Monte Blanco, La Luz Palotal, Tecama Calería, Gallego, Tuxpango, La Palma, Montero, Buena Vista, Ejido, Zapoapita, Fortín y Tlacotengo.

–Todas sus calles y avenidas son empedradas, pero sí caben los carritos esos que traen mulitas.

–Es el ferrocarril de tracción animal que recorre las principales avenidas y comunica el centro de la población con la Colonia de la Estación y con la Peñuela, perteneciente al municipio.

–Mira, Yoltic, las casas no son como en mi época, casi todas con azotea y dos pisos, estas son más bien de un piso, hechas de piedra con techo de madera y teja o de madera y lámina de fierro.

–Ya llegamos al parque.

–Sí, ya sé que se llama "21 de mayo" por la batalla que hubo aquí en La Independencia –comenta Valentín.

–Pero lo que no sabes es que toda la plaza, junto con los arcos, recibe el nombre de "La Constitución". El parque tiene forma de calzada inglesa con baldosas de cemento y dos fuentes, una al noreste y otra al suroeste y a cada lado se encuentran los bustos del licenciado José María Mena Sosa, fundador del Colegio Preparatorio de Córdoba y del licenciado Francisco Hernández y Hernández, quien fue gobernador del estado.

–Y por eso mi escuela lleva su nombre, como me explicaste.

–Así es, Valentín. Él era un hombre muy recto, elocuente y cumplido funcionario. En el centro del parque está el kiosco oriental que se utilizaba para las audiciones musicales y alrededor hay bancas de hierro. Si observas, acaban de ser sembradas cuatro palmeras que ocupan los cuatro ángulos del jardín, en el centro hay un obelisco que se inauguró en 1895 cuando la ciudad de Córdoba recibió la categoría de heroica por sus acciones decisivas en la consumación de la independencia mexicana y dicho monumento ensalza esa última y determinante batalla, la última guerra y la firma de los Tratados de Córdoba en 1821, por los cuales don Juan O' Donojú, representante del gobierno español, aceptó la independencia de la Nueva España del reino español, este título le fue designado por el congreso del estado el 01 de noviembre de 1880 –explicó Yoltic.

–El Palacio Municipal es diferente...

–Sí, en ese momento lo está ocupando el gobernador y tiene detalles ornamentales pero muy poco fondo, el templo parroquial se encuentra al costado noreste de la

Plaza de la Constitución.

–No ha cambiado gran cosa –observó Valentín.

–Ni los edificios de los alrededores de los arcos, los hoteles Zevallos, Gómez Vargas y Beverido –agregó Yoltic.

–El Hotel Zevallos todavía existe, los otros dos ya no.

–Allá está el edificio Casino Cordobés en la avenida 1 calle 5, el Casino Español en la misma calle y el Banco Mercantil de Veracruz. También es muy bonito el edificio de la Escuela Secundaria y de Bachilleres y tu escuela, Valentín, la "Cantonal". Un dato interesante es que desde 1871 hasta esta época, cuando se le cedió al Colegio Preparatorio, a este edificio se le conocía como Iglesia de la Santa Escuela.

–Me imagino porque antes estaba el convento, aunque también hubo dos escuelas, como me explicaste ya.

–Parte de la capilla era utilizada por el Poder Legislativo del estado de Veracruz y ahí se promulgará la Constitución local de 1917. Otros edificios de importancia son la casa Tombling que ocupa la esquina de la avenida 7 y la calle 9, el Hotel Rincón y el Duhalt, los chalets de la Calzada de las Estaciones y el barrio de San José. Solo hay un teatro pequeño para la capital del estado llamado "Pedro Díaz".

–Ese lo veo a diario, está frente a mi escuela –recordó Valentín sonriendo.

–Ninguna escuela tiene edificio propio –dijo Yoltic con cara pensativa–, con excepción del colegio de las "Estaciones".

–¿Cuál es ese, Yoltic?

–El que en tu época llaman "Rebsamén" y la cantonal de varones "Francisco Hernández y Hernández".

–¡Yupi, otra vez mi escuela! Pero, ¿y eso que oí de que no tenía título de propiedad?

–Mira, Valentín, parece ser que hubo un relajito con ese papel pues le habían dado el título de propiedad a la escuela secundaria pero, como dice el monje loco, "nadie sabe, nadie supo". Otras escuelas que también ya existían eran la municipal de niños No 1 ubicada en una casa intervenida que en tu actualidad es la escuela "Úrsulo Galván" y la escuela "Casas" y en la calle 10 avenida 5 estaba la antigua planta de luz eléctrica, ahí se pensaba trasladar la municipal de niñas No 2 que en tu época se conoce como "Carlos A. Carrillo", ubicada en la Calle 10 Avenida 1, en un edificio antiguo.

-Ya sé, frente a Dominós Pizza. ¡Me encanta la pizza!

–¿Y qué crees, Valentín? Casi todo el centro de la ciudad tenía ya corriente eléctrica y había un servicio de teléfonos, ambos proporcionados por empresas de Orizaba, este último era administrado tanto para comunicación interna como para los poblados y haciendas de los alrededores; también había comunicación con ciudades de otras poblaciones de la entidad. Aquí en Córdoba no hubo enfrentamientos con grupos de revolucionarios; pero, eso sí, en la región existía un alto grado de bandolerismo e inseguridad.

–Es bueno saber que los revolucionarios no hicieron

tantos destrozos en la ciudad...

–Eso fue excelente y además, en esta época, se inauguraron las primeras fábricas de hielo, chocolate, jabón, puros, pastas, velas y muebles.

–¡Grandioso, Yoltic!, pues de esa manera la ciudad creció y dio trabajo a muchas personas. Ya bajamos hasta la estación, ¡hay varios trenes!

–Sí, la ciudad tiene comunicación con Veracruz y México, así como con poblaciones intermedias, por el Ferrocarril Mexicano, el del Istmo, en su ramal de Córdoba a Santa Lucrecia y "Huatusquito" que solo llegó a Coscomatepec – explicó Yoltic.

–En este periodo, ¿cuánta gente vive en mi ciudad?

–Pues más o menos quince mil habitantes.

–Lo que me gusta más de esta época es la gran cantidad de vegetación que hay, lástima que hemos destruido mucho de esos paisajes tan maravillosos que vemos.

–Es cierto, Valentín, es una vegetación muy variada y exuberante, donde hay palmeras tropicales y pinos, frutos de papayo, higueras, gran variedad de flores con matices de lo más atractivo y no solamente tiene el mérito de su belleza sino también de su utilidad, por sus ricas maderas como el cedro, el nogal y valiosos frutos como el café, el mango manila, la naranja que, sin duda, no son lo suficientemente aprovechadas, dan a la ciudad una condición envidiable que explica cómo ha prosperado tanto y cómo ha logrado superar condiciones tan adversas como las guerras. Pero seguiremos ahora a

Oaxaca, un año más adelante. Te pido que recuerdes que en este tiempo todo estaba de cabeza.

–Pues a darle vuelta a la hojita...

Acepta Valentín con tristeza en su rostro y lentamente abre la siguiente página, sin darse cuenta que el libro está al revés.

"La vida está en gran parte compuesta por sueños. Hay que unirlos a la acción"

Anais Nin

CAPÍTULO 11

Periodo de reconstrucción

–Híjole, le di vuelta mal a la hoja, ahora sí literalmente estamos de cabeza… y mirando lucecitas.

–Vamos a ponernos derechitos que ya llegamos a Oaxaca –dice Yoltic y se sacude el polvo–. Mira, Valentín, ahí está el profesor José Fidel Medina, no le pagaban pues en Oaxaca decían que no había dinero para el sueldo de los maestros y él trabajaba todo el día para darles clases a los niños, ya llevaba dos años dando clases de esa forma. Aprendió a inyectar y pidió al gobierno vacunas para que sus alumnos no se enfermaran de la viruela, que era otra enfermedad que causaba epidemias y muchas muertes en esa época. También su pueblo sufría de sustos de guerrilleros frecuentemente. Escucha lo que el maestro Fidel Medina le dice al presidente del Ayuntamiento de Oaxaca:

"Me recibí de la Escuela Normal en 1917 y me dijeron que no contaban con dinero para pagar a los profesores, así que   trabajé dos años sin cobrar un solo peso en mi pueblo de Xoxocotlán. En los años que estuve en la Normal, la educación recibida fue muy escasa, pero al ver la necesidad que tenía la gente de aprender, junté a todos los niños en la plaza del pueblo y, como Dios me dio a entender, les enseñé a leer, a escribir y algo de aritmética, dando clases desde la mañana hasta el anochecer. Veo que las cosas regresan a la normalidad y por eso pido mi nombramiento y mi pago".

–Y después de esto supongo que le dieron su pago, es lo justo –expresó Valentín.

–Pues, más bien lo engañaron...

–¡¿Cómo?!

–Le pagaron cinco pesos diarios con billetes provisionales constitucionalistas del gobierno, los cuales no valían nada, esos billetes dejaron de valer en 1917, pero en Oaxaca decían que no había dinero y menos para pagar a los maestros.

–¡Eso es una burla! –reclamó Valentín muy disgustado.

–El maestro Fidel no se dio por vencido y se trasladó a un poblado llamado Teotitlán del Camino, donde decían que hacían falta maestros y les pagaban tres pesos diarios, era menos cantidad, pero dinero de verdad, aunque su papá le pidió que no fuera, pues era zona de continuos disturbios y ya habían matado a varios docentes.

–¿Y le hizo caso? –preguntó Valentín.

–Pues, no. Afortunadamente, solo se podía llegar por tren en un recorrido de dieciocho horas, él se durmió y no se bajó en Teotitlán; cuando despertó en Hacienda Blanca, le dijeron que habían entrado bandoleros al pueblo y asesinaron a muchas personas, aunque él igual se encaminó hacia allá al día siguiente. Daremos un saltito para que veas donde está en este momento.

–¡Zas!, ¡hay muchos hombres ahorcados! –comentó Valentín impresionado–, pero también mataron mujeres y niños. Qué horrible está todo aquí, Yoltic.

–Sí, los carrancistas pensaron que la gente del pueblo ocultaba a los villistas y destruyeron todo.

–Tuvo suerte el maestro Fidel de quedarse dormido en el tren –dijo Valentín con alivio.

–Seguiré la anécdota del profesor Fidel:

Al llegar a Teotitlán del Camino, se alojó en un hotel, después se dirigió a la escuelita del pueblo y se presentó a los maestros y a la gente que se había escondido allí y de inmediato se puso a trabajar con sus niños. En esa escuela el maestro Fidel aprendió mucho sobre la enseñanza gracias al director Cabrera, quien lo instruyó en didáctica y pedagogía, además de hablar en público. Al director Cabrera le gustaba la política y quería hacer cambios positivos por su poblado, la gente lo quería mucho. También existía en el pueblo un cacique al que apodaban el "Negro", a quien todos temían. Una semana antes de las elecciones, llegó el candidato "oficial" impuesto por el Negro y sin votos le extendieron el papel de ganador; al director lo corrieron de la escuela y lo amenazaron de muerte, tuvo que huir de Teotitlán.

–De nada sirvió la Revolución. Estaba todo peor.

–Y siguió mal por muchos años –agregó Yoltic con tristeza–. El profesor Fidel tuvo que hacerse cargo de la dirección del plantel hasta 1920.

–Menos mal que a él no le hicieron nada y ya tenía trabajo.

¿Y qué pasaba en mi escuela?

–Mientras tanto, en tu escuela, el general Venustiano Carranza, presidente de México, convoca a elecciones para gobernador del estado, invitando a todos los profesores y pidiendo que sean puntuales. Esta reunión se realizará en el Palacio Municipal y se les pide a todos los trabajadores del gobierno el sueldo de un día de trabajo para comprar objetos y armas obsequiadas al expresidente Benito Juárez, para ser donadas al museo nacional.

–Yoltic, creo que eso no era tan importante, había cosas mucho más relevantes qué hacer por el bien de nuestra ciudad y del país.

–Estoy de acuerdo contigo, pero era una especie de propaganda, una manera de avivar el patriotismo y de distraer a la gente de la situación trágica de tanta muerte. Lo bueno es que, a diferencia de Oaxaca, en Veracruz los niños iban a clases más frecuentemente. En cuanto a los salarios de los maestros, eran más constantes y se proporcionaba material didáctico y mobiliario. Como Córdoba en ese momento era la capital del estado de Veracruz, se preocupaban más por la creación de escuelas primarias.

–No me agrada eso de la propaganda, gastar el dinero en cosas innecesarias, pero está bien que hayan hecho más escuelas y les entregaran materiales escolares.

–Sin embargo, se suspendieron las clases en todo el país durante tres meses del 8 de octubre de 1918 a enero de 1919 por la epidemia de la influenza española, la cual provocó la muerte de un millón de personas en la república mexicana.

–Qué momentos tan feos, ¿guerra, hambre y enfermedad?
–Valentín no aguantó más y comenzó a llorar
desconsolado.

–Son situaciones muy tristes, pero vendrán momentos
mejores –le aseguró Yoltic abrazándolo.

–Los tiempos difíciles hacen a las personas más fuertes,
eso lo leí en un libro –dijo Valentín secándose las
lágrimas.

–Fíjate, Valentín, que cuando los niños regresan a clases
después de la epidemia, el director Antonio Quintana
pide a los profesores que hagan sus clases lo más gratas
posibles, que realicen excursiones por lo menos una vez al
mes para que los niños conozcan su localidad y aprendan
a través de la experiencia, que sean puntuales en sus
labores y procuren ser tolerantes con los alumnos para
que el colegio sea un lugar donde los niños quieran ir, que
cuando noten una mala conducta se lo den a conocer a los
padres de familia para que juntos busquen una solución y
que, por ningún motivo, permitan a los niños salir solos
de la escuela a realizar mandados, pues había mucho
peligro.

–Así se hace, me da gusto que todo se vaya
acomodando nuevamente; en mi época seguimos
haciendo excursiones y seguimos todas indicaciones que
nombró el maestro Quintana. Mira, Yoltic, los niños sí se
van solos a sus casas; en mi tiempo, tenemos que esperar
a que lleguen nuestros padres por nosotros. Pero, ¿por qué
el director le pide a la policía que vaya a la escuela?

–Justamente por eso, como los niños se iban solos, el

director de la escuela solicitó a la policía municipal que estuvieran al pendiente a la hora de la salida, en la mañana y en la tarde, pues algunos alumnos se quedaban en la puerta platicando o se agarraban a golpes y de esta manera se evitaban disturbios –explicó Yoltic.

–Oh, ¡por eso lleva el ojo morado ese chiquillo! –dijo Valentín asombrado y con una risita.

–En este año 1919, el director general de educación, Manuel C. Tello, les dijo a los directores que todas sus escuelas deberían tener nombres.

–¿Qué no tenían nombres?, si mi escuela tenía ya el nombre "Francisco Hernández y Hernández" y el de niñas "Ana Francisca de Irivas".

–Solo esas dos escuelas cantonales que, a partir de ese momento, se pasarán a llamar escuelas superiores, pero las demás escuelas municipales solo tenían número, por eso se les solicitó que esas instituciones debían adoptar el nombre de personas del pasado cuya obra, juzgada por la historia como digna de la gratitud social en el presente, los caracterizara como benefactores de la humanidad. En adelante, su número solo se usará como estadística.

–Que interesante –dijo Valentín con ojos bien abiertos–. ¿Cómo?, ¿está lloviendo? ¡Y muy fuerte! Me estoy mojando, Yoltic.

–Quiero que veas cómo está tu escuela por dentro; como el techo es de madera, existen muchas goteras. Vamos.

–Creo que me estoy mojando más aquí adentro que afuera –expresó Valentín molesto.

–Ven aquí a los inodoros.

–¡Fuchi! Están muy sucios y en mal estado, hay que repararlos y también el techo está en muy malas condiciones –observó Valentín con expresión de asco.

–Lo bueno es que, aunque el ayuntamiento era el encargado de las reparaciones, en esta ocasión lo hizo rápidamente y quedaron listos techos y baños.

–Qué bueno. Me alegro.

De pronto, entra un hombre con uniforme de soldado de la Secretaría de Guerra y Marina y Valentín se asusta.

–Yoltic, ¿qué hace él aquí?

–Recuerda que todavía no termina totalmente la guerra revolucionaria. Este soldado le informa al director de la escuela que los profesores deben adquirir los conocimientos especiales que señala el Programa General de Militarización Escolar en la república. Estos militares volverán a sus funciones en el ejército cuando los profesores de las escuelas estén preparados para sustituirlos y formar a los niños.

–O sea, ¿que los niños también debían estar entrenados para la guerra?

–Sí, Valentín. Aunque ya se había firmado la Constitución en 1917, las guerrillas todavía continuaban y la pacificación en el país era lenta, así son los tiempos violentos en los países.

–Son momentos terribles, Yoltic.

–Pon atención, que en 1920 los maestros de la Escuela Superior "Francisco Hernández y Hernández" solicitan aumento de sueldo, pues siguen ganando la misma cantidad de dinero que cuando inició la Revolución y ya no les alcanza para vivir.

–Híjole, ¡si ya pasaron diez años! Es terrible, pero siquiera les pagaban, no como a los de otros lugares.

–Sí, pero los sueldos no eran iguales en todo el estado, el secretario de educación sólo mejoró el salario en las escuelas superiores.

–¿Y eso por qué?

–Pues todavía eran los profesores mejor preparados y las escuelas de mayor prestigio; además, no había sueldos fijos –explicó Yoltic.

–Oye, ¿y qué pasaba con el maestro Fidel en Oaxaca?

–Él dejó de dar clases en ese pueblito en 1920 y se trasladó a la capital de Oaxaca, a la escuela más importante del estado, el Colegio Pestalozzi, donde años atrás él había hecho su primaria. Como era un profesor muy dedicado, su libro de planeación sirvió de modelo en las escuelas de la ciudad, ya que él era autodidacta y se preparó mucho en pedagogía. El nuevo régimen educativo lo contrató para ir a revisar que los maestros aplicaran adecuadamente el nuevo programa, pero algunos profesores no querían cambiar su forma de enseñar, situación que manifestó al director general de educación, quien le respondió que él solo no podría modificar el sistema de enseñanza. Para colmo de males, se convocó a elecciones para gobernador del estado de Oaxaca, resultando ganador el general Manuel García Vigil, un hombre soberbio y arbitrario, quien ese año no le pagó a ningún maestro de primaria del estado. Mira, los profesores se organizan para ir a verlo y pedir su sueldo, vamos a seguirlos y escuchemos lo que dice el gobernador:

"Me admira que personas tan preparadas y conscientes tengan valor de ver sufrir a sus familias y no busquen otra clase de trabajo, como en la política, donde se gana bien. Buenas noches y no me molesten".

–Vaya hombre, ¡qué grosero! Me da ganas, me da ganas de... –bramó Valentín indignado.

–Cálmate, amigo, que esta historia sigue. Todos los maestros de Oaxaca regresaron a trabajar al campo, también el maestro Fidel.

–¿Y qué pasa en Córdoba?

–Mientras tanto en Córdoba, los directores se organizan para solicitar útiles y muebles para todas las escuelas del municipio, de tal manera que estén bien preparados para realizar bien sus labores y en ese mismo año el gobernador del estado de Veracruz pide que se realicen conferencias pedagógicas obligatorias todos los sábados para mejorar la preparación de los maestros.

–Eso me parece muy bien, para que todo vuelva a la normalidad ¡y mejor! –exclamó Valentín con un gesto de aprobación–, pero me dejaste a medias con la situación del maestro Fidel, no lo vimos regresar a trabajar al campo; además, no sé qué relación tiene su vida con la de mi escuela.

–Eres un poquito desesperado. Vamos a deslizarnos para verlo, pues es la misma época.

"Siempre he pensado que la escuela la hacen, en primer lugar, los profesores, para beneficio de los niños"

Daniel Pennac

CAPÍTULO 12

Llega el maestro Fidel a Córdoba y se
despide el profesor Antonio Quintana

–Valentín, ya estamos en la casa del maestro Fidel en Xoxocotlán, Oaxaca. Ahí lo ves que está sembrando.

–Sí, se le acerca una persona.

–Es su amigo, se llama Benjamín Alba. Para la oreja para que escuches lo que dicen:

"Hola, Fidel. ¿Por qué no vas a conocer otras tierras? ¿Qué haces arando si eres tan buen maestro? Si quieres, hoy que pase por Córdoba puedo ver al señor director de la Escuela Superior "Antonio Quintana", pues parece que necesita un profesor preparado, la llevo bien con él".

"Gracias, Benjamín, te agradezco tu ayuda"

–Y luego ¿qué pasó, Yoltic?

–Cuando regresó, su amigo lo fue a ver y le entregó una carta del director Antonio Quintana donde le decía:

"Preséntese usted, que aquí tengo su nombramiento".

–¡Entonces el profesor Fidel brincó de alegría! –celebró Valentín.

–Él sí, pero su papá no, pues todavía había peligros en los caminos y decían que en Córdoba la gente moría de cólera. El profesor tuvo que convencerlo y le prometió que solo iría unos meses y regresaría.

–¿Y cómo hizo el viaje, Yoltic?

–Pues fue un viaje largo y cansado. Se trasladó con su familia, su esposa y su pequeña niña recién nacida, de Oaxaca a Puebla y de ahí a Tehuacán; luego, había que transbordar al ferrocarril, el "Mexicano", en el pueblo de La Esperanza. Llovía muy fuerte. Cuando llegaron a Boca del Monte, la naturaleza a la que él estaba acostumbrado cambió y se quedó boquiabierto, nunca había visto nada igual.

–¡Me imagino que todo le pareció maravilloso! –exclamó Valentín.

–Pues, fíjate, en el lugar de dónde era el maestro Fidel había muchas cactáceas y magueyes, sus ojos no estaban acostumbrados a ver tantas tonalidades de verdes, montañas imponentes, las famosas Cumbres de Maltrata y la indumentaria que cada pueblo utilizaba según la región donde habitaban; pasaron por Santa Rosa, hoy Ciudad Mendoza, Nogales, Río Blanco, Orizaba, por los túneles del tren del Puente de Metlac hasta que llegaron a Fortín y Córdoba, con su olor a café.

–Entonces sí fue muy emocionante para él, ¿verdad?

–Sí, cuando llegó lo estaba esperando el conserje de la escuela para guiarlo por la ciudad y él, nervioso, le preguntó si seguía la enfermedad del cólera en el poblado.

–¿Y qué le respondió el conserje?

–Que desde hacía dos años atrás se realizó el drenaje y con él la enfermedad había desaparecido por completo. Antes las noticias iban muy lentas.

–Ya estuvo más tranquilo, qué bueno, pues esa enfermedad mortal ya no estaba en la ciudad.

–Tienes toda la razón, Valentín, pero la ciudad le pareció grandísima, lo peor de todo es que no había en ese momento casa para rentar, pues los inquilinos estaban de huelga.

–¿Y eso por qué?

–Eran pocos los dueños de viviendas y abusaban con el precio de alquiler y no les daban mantenimiento. Pero regresemos con el paseo del maestro Fidel. Tomaron un tren de mulitas y llegaron al centro, se bajaron frente a la parroquia y el conserje lo llevó a él y a su familia a una posada de nombre "La Pescadora", en el portal "La Favorita", que ahora se llama portal "La Gloria". Apenas se instaló, se arregló y se fue a la Escuela Superior "Francisco Hernández y Hernández", eran las cinco y media de la tarde. Atravesó el Parque 21 de mayo y ¿cuál sería su sorpresa?

–¡¿Qué sorpresa?! –preguntó Valentín emocionado.

–Que en el kiosco tocaba la banda de su pueblo y entre ellos estaba su hermano Rafael.

–¡Vamos a alcanzarlo, Yoltic! Mira, le está dando un gran abrazo y se despiden con mucho cariño. Ahora llegó a la escuela, pero no hay niños.

–Ya salieron del segundo turno, recuerda que vienen en la mañana y en la tarde, pero el director sí esta, lo recibe sonriente y escucha lo que le dice:

"Mañana nos vemos antes de las nueve de la mañana y le comunico que también va usted a trabajar en la suplementaria"

–¿Qué es la suplementaria?

–Es la escuela nocturna que laboraba de siete a nueve de la noche, para trabajadores y para niños que no podían asistir en las mañanas y tardes. ¿Quieres ver qué pasó el día siguiente, Valentín?

–¡Por supuesto, Yoltic!

–Bien, pues el director lo presentó con cada uno de los maestros de la escuela y con los alumnos y le asignó el cuarto grado, grupo B, pero tuvo un problema durante todo ese año.

–Más problemas... –suspiró Valentín.

–Pues, sí. Como el maestro Fidel venía de Oaxaca, de una escuela Normal no muy reconocida, los otros profesores lo veían como un maestro inferior y le pusieron apodos como "el arrimado" o "el extraño"; pensó en renunciar y regresar a su pueblito Xoxocotlán, pero en las circunstancias más duras de la vida siempre se nos presentan los mejores amigos y él contó con el apoyo leal del director Antonio Quintana y del profesor Francisco M. de la Llave, quién le dijo: *"No te des por vencido, demuéstrales el buen maestro que eres"*. Al siguiente mes, el inspector lo nombró conferencista de los cursos y su colega lo apoyó para preparar el tema que desarrolló con brillo y gallardía el día de la conferencia, recibiendo el reconocimiento y aplausos de los otros profesores y ganándose el respeto de todos.

–Me da gusto que dejen de juzgar a la gente por su aspecto o de dónde viene y que él haya demostrado lo que valía.

-Es así. El valor de la gente radica en su actitud y la forma de enfrentarse a la vida. Luego, en 1923 llegó a la escuela una orden del gobernador donde se prohibía a los maestros intervenir en asuntos políticos, limitándose únicamente a emitir su voto.

–Pero, ¿qué ocurriría si un profesor quisiera participar como candidato en el gobierno?

–Pues, según este documento, serían despedidos inmediatamente, ya que esa no se consideraba su función –contestó Yoltic.

-O sea, que les ocurriría lo mismo que al maestro de Oaxaca que quiso participar para diputado.

–Exactamente. ¿Te acuerdas que el sueldo de las escuelas superiores de Córdoba había sido incrementado? Desgraciadamente, eso duró poco, en 1924 duraron tres meses sin recibir sus salarios por situaciones políticas, por la huelga de inquilinos. En ese año la capital del estado ya no era Córdoba sino Veracruz, pero vino de visita el gobernador Adalberto Tejeda y los maestros pidieron audiencia para contarle sobre su problema del pago de sueldos y de la Ley de Educación. El gobernador no sabía nada de esa ley pero les sugirió que, si existía, la hicieran valer. Los maestros que asistieron integraron el primer sindicato de profesores de la república mexicana, el cual llamaron "Unión de Profesores Cordobeses" el día 15 de julio de 1924 y a partir del 20 de septiembre adoptó el nombre de "Sindicato de Profesores de Veracruz". Lucharon y ganaron.

–¡Bravo!, parece que se acercan tiempos mejores, Yoltic.

–Bueno, las guerras ya pasaron y la reconstrucción está en marcha, pero todavía hay muchas situaciones que arreglar.

–¿Cómo cuáles? –preguntó Valentín.

–Demos un pequeño salto a la casa del director de la escuela, el profesor Antonio Quintana, para que veas lo que está sucediendo ahí.

–El maestro se nota muy cansado, está enfermo, su esposa y sus hijos lo llevan con cuidado a su dormitorio y lo tapan, se queja de que no ve, su esposa está muy preocupada.

–Ya tiene varios meses que se está sintiendo muy mal de salud, pero ahora de plano está mucho peor, el doctor le diagnosticó diabetes y le recetó por lo menos dos meses de descanso absoluto. El maestro le dicta a su esposa una carta dirigida a la Junta de Administración Civil donde solicita la licencia de dos meses con sueldo tanto de la escuela superior como de la suplementaria, lo justifica con el certificado médico y con sus treinta y seis años de servicio ininterrumpidos; adicionalmente, pide que quede como director interino el profesor Francisco M. de la Llave.

–Y claro que le hacen caso a su petición, es un excelente maestro y un buen director, ¿verdad?

–No, Valentín –dijo Yoltic bajando la cabeza con mucha pena–, el director general de educación concedió los dos meses al maestro, pero sin goce de sueldo y lo invita a hacer toda solicitud al gobernador del estado por conducta de esa oficina para que su petición sea escuchada.

–Siguen las injusticias... un hombre que dio su vida entera a la escuela, pide solo dos meses para su recuperación y le niegan el apoyo, después que vimos a esos que se llamaban revolucionarios atracando y llevándose dinero a montones sin ayudar a la sociedad. Eso sí que da coraje.

–Así es, pero sigamos con el profesor Quintana. Un poco mejor de salud, redactó algunos escritos para el gobierno basados en la Ley de Educación, buscando la mejora de sueldos y salarios para los maestros y también solicitó que los alumnos y profesores trabajaran de lunes a viernes y no de lunes a sábado, para que pudieran los docentes preparar mejor sus labores y planeaciones semanales.

–Entonces, ¿antes se iba a la escuela hasta los sábados? –preguntó Valentín asombrado.

–Sí, en la mañana y en la tarde. Ese mismo año de 1924, el maestro Antonio Quintana solicita su jubilación pues, aunque ya está con mejor salud, su vista no es buena y la diabetes sigue avanzando.

–¿Quién ocupa su lugar?

–El profesor Francisco M. de la Llave, quien inmediatamente mandó a blanquear y pintar diez salones, tres corredores, la escalera, los excusados y la portería de la escuela. Todo esto fue realizado por el conserje y el sirviente, por lo que pide al ayuntamiento una gratificación de veinticinco pesos a cada uno por su trabajo para que el plantel esté en buenas condiciones.

–Pienso que el gobierno debería apoyar para que todas las escuelas estuvieran muy hermosas y así a todos los niños nos diera más gusto asistir a ellas –agregó Valentín emocionado.

–Estoy de acuerdo contigo. En 1926 se vuelve a poner difícil otra vez el pago de sueldos de los maestros, se les dijo que mejoraría cuando subiera el precio del café, pero ni siquiera les pagaban; a algunos ya se les debía un año, pero a otros se les adeudaba desde 1924.

–Era mucho tiempo sin pagos y ¿cómo vivían?

–Pues algunos contaban con familiares que se dedicaban a otro trabajo y en otros casos, donde los profesores eran muy queridos, los padres de familia les llevaban alimentos.

–Qué bueno que contaban con el apoyo de los padres de familia, se lo merecían por su buen trabajo y responsabilidad.

–El sindicato de maestros seguía ayudando también a los profesores. En 1927, el gobernador propuso al maestro Manuel C. Tello, quien pertenecía a dicha agrupación y era de Córdoba, para la dirección de la Escuela Normal Veracruzana y el secretario general Gustavo Calatayud logró que les pagaran cinco decenas de las trece que les debían.

–Bueno, algo es algo –dijo Valentín un poco desilusionado.

–Vamos a tu escuela, hay un acontecimiento muy bueno que te va a alegrar. Es 10 de mayo de 1928.

–¿Qué pasó ese día?

–Es la primera vez que en México se celebra el Día de las Madres, para que los niños aprendan por medio de este homenaje a rendir gratitud y reconocimiento a la familia –expuso Yoltic con voz entusiasta.

–¡Me gusta participar en esos festivales!

—Es bonito cuando los niños bailan, actúan y cantan, yo también los veo aunque no soy mamá –dijo Yoltic riendo.

–Oye, ¿el maestro Fidel ya no hizo nada importante después?

–Claro, cuando se jubiló el maestro Quintana en 1928, él se quedó como director interino de la escuela suplementaria y, como era muy inquieto, creó el Comité Pro Escuela de la Acción con la profesora Dolores A. Enríquez, el cual se establece con el propósito de laborar para el mejoramiento material de las escuelas oficiales de la localidad. Mira Valentín, encontré este documento que parece muy importante. ¡Leámoslo!

*"La educación es la llave
para abrir la puerta
dorada de la reflexión"*

G. Whasington Carver

Primera Sociedad Escolar de Padres de Familia

CAPÍTULO 13

Nuevos cambios en educación

–Empiezo a leer este documento súper interesantísimo, Valentín y comienza así:

"Creación de las Sociedades de Padres de Familia para las escuelas primarias urbanas 1923."

–Espera, Yoltic, antes de que sigas, ¿para qué sirven esas sociedades de padres de familia?

–Pues, el gobierno las creó sobre todo para el mejoramiento material del plantel, tenían siete principios principales.

–¿Cuáles son esos principios?

–Deja que los recuerde, Valentín, ¿tú crees que tengo cerebro de computadora? Creo que son estos: El primero es que los padres de familia o tutores se organicen en una asociación denominada "Sociedad de Padres de Familia" que actuará para el beneficio educativo. El segundo es que deben vigilar la marcha educativa de la escuela, para que los niños que asisten reciban un aprendizaje liberal y armónico que los capacite para actuar como elementos de progreso en las actividades en alguna carrera técnica, industrial o trabajo honrado.

–Bueno, del primero entiendo que la sociedad de padres debe ayudar a la escuela. El segundo pienso que se refiere a que pueden dar su opinión a los maestros o al gobierno, si están o no están de acuerdo con algún contenido de aprendizaje... ¿voy bien, Yoltic?

–De maravilla, Valentín: el tercero indica que la Sociedad de Padres de Familia se impone colaborar proporcionándoles a los profesores todos los datos psicológicos que estos requieran y vigilar por el mejoramiento social y económico de los mismos.

–Eso de vigilar el mejoramiento social y económico de los profesores ya no lo hacen, ¿verdad?

–Ya no es parte de las actividades de la Sociedad de Padres de Familia sino de los sindicatos magisteriales. En esa época apenas se estaban organizando esos grupos. Continúo: el cuarto principio es que la Sociedad de Padres de Familia tendrá una directiva; presidente, secretario, tesorero y vocales.

–Eso sigue igual, pues los he visto en la escuela.

–El quinto tiene ciertas variaciones, pues dice que se reunirán cada mes o cuando sea necesario, eso no ha cambiado, lo que sí se ha modificado es que se debían realizar comisiones en cada grupo para informar por escrito al director y al profesor involucrado el problema que encontraran en cuanto al ambiente educativo, procurando un acercamiento entre padres y maestros.

–Cierto que ha cambiado –comentó Valentín–, pues yo he visto que cuando hay un problema el que va a platicar con el maestro y el director es el padre que tiene esa situación, no hay ninguna comisión.

–El sexto punto es que, por decreto, el tesorero debería recaudar diez centavos mensuales para el mejoramiento escolar o un peso con veinte centavos al año que todos los padres estaban obligados a pagar.

–Eso está muy bien, fíjate que ahora no es obligatorio y no se pueden hacer las mejoras que nuestra escuela necesita. El gobierno dice que la educación es gratuita, pero no da nada para el mejoramiento de nuestros colegios que son como nuestras casas y ¿sabes?, cuándo hay varias escuelas en el mismo edificio solo pagan, como en nuestro caso, la primaria matutina y para las otras no dan nada; por lo tanto, nuestro edificio cada vez se ve más feo. Se necesita que todos aporten. Entiendo que hay gente que no tiene trabajo por alguna situación, pero también pueden ayudar pintando, lavando, reparando, haciendo varias cosas por la escuela; tal parece que nosotros los niños no les importamos ni al gobierno ni a los padres de familia y todo quieren que sea gratis. Nosotros somos el presente y el futuro de México y si queremos un país mejor debemos actuar hoy.

–¡Muy bien dicho, Valentín! Y, por último, el número siete dice: *"La Sociedad de Padres de Familia realizará todo su esfuerzo que le dicte su conciencia ciudadana y su responsabilidad como padre o tutor"*.

–Excelente, Yoltic, eso lo deben saber todos los padres de familia, tenemos que despertar su conciencia ciudadana y su responsabilidad y así como ellos den y vean el cambio en la escuela de sus hijos, tendrán también la capacidad de dialogar y apoyar si hay alguna situación dentro de una educación completa y de calidad que no se haya realizado. Los cambios continúan, vamos a seguir nuestra historia, adelante que esto es importante... ¡Wow!, hice verso sin esfuerzo –rió Valentín a carcajadas.

–Continuando con lo nuestro... En ese año se implementó el Nuevo Método de Enseñanza por la Acción o Escuela de la Acción, así se llamó.

–¿De qué se trataba, Yoltic?

–Espérame de nuevo, en un momento me acuerdo. He vivido mucho, pero no tengo tan buena memoria... Ajá, el primer punto dice que el niño debe estar siempre en acción.

–O sea, como los muñequitos que mueven bracitos y piernitas –siguió bromeando Valentín.

–No es así, quiere decir que deben aprender tocando y experimentando con los objetos.

–Bien, ¿y el número dos?

–El trabajo escolar, donde el niño realice actividades con su cuerpo, le servirá para formar hábitos sociales.

–Aquí entiendo que, al trabajar entre varios, se formarán comportamientos positivos en la comunidad.

–¡Muy bien, Valentín! Vamos con el número tres: en la escuela se realizarían actividades manuales solo para desarrollar la cultura, la estética y dar una educación pre vocacional, no serán talleres.

–Entonces, los niños aprenderemos pintura, escultura u otra actividad para conocer sobre la belleza y la cultura, eso me gusta mucho; como en mi escuela, que nos enseñan a cantar y tocar instrumentos y también a dibujar.

–En el número cuatro dicen que los trabajos de los niños no deben perseguir un fin económico.

–Para que aprendamos y nos divirtamos solamente.

–¡Exacto! En el número cinco dice que todas las actividades que el niño haga en la escuela deben tener contacto con la vida.

–Es decir, que le sirvan en la casa, en la calle y en todas partes.

–Muy cierto Valentín. El seis dice que la escuela debe tratar al niño como niño.

–No entiendo. ¿Acaso no los trataban como niños?

–Pues mira, hace algún tiempo, no. Tenían la idea que los niños eran pequeños adultos pero, con los estudios que realizaron los psicólogos del siglo XIX, se dieron cuenta de que los infantes necesitan realizar cosas de pequeños, como jugar, imaginar y divertirse para que en el futuro lleguen a ser buenos ciudadanos.

–¿Y cuál es el último punto, Yoltic?

–Que cada niño debe ser tratado, en lo posible, individualmente.

–Así debe ser, porque todos somos diferentes,

aprendemos y nos gustan cosas distintas.

–Exactamente, Valentín.

–Este Método de Acción se parece mucho a lo que hacemos actualmente en nuestra escuela.

–¿Te acuerdas que me preguntaste por qué si se había prohibido que bajo ninguna circunstancia se fundara un jardín de niños dentro de las escuelas cantonales había una dentro de tu edificio escolar actual? Pues resulta que de acuerdo con el nuevo Método de Enseñanza por la Acción en 1928 todas las escuelas primarias deberían tener un preescolar en sus instalaciones.

–¿Aunque no cupiera ni tuviera las condiciones necesarias?

–Eso creo que no les importaba a las nuevas autoridades. Mira lo que le escribió el inspector escolar al director Francisco M. de la Llave, lo podemos leer en este escrito que me encontré:

"Es obligatorio instalar un aula para el jardín de niños, este salón quedará bajo la tutela de la primaria."

–O sea que el director de la primaria, también sería el director del jardín de niños. ¿Y por qué tanta urgencia de poner un salón de kínder dentro de la primaria cuando antes habían dicho que no contaba con las características necesarias para el cuidado de niños pequeños? –insiste Valentín.

–Porque este nuevo gobierno quería tener las escuelas súper llenas de alumnos y que los padres de familia fueran haciendo una obligación y un hábito el enviarlos al colegio desde pequeñitos –contestó Yoltic.

–Pues no estoy de acuerdo. Parece contradictorio el Método de la Acción sin poder moverse y ya han pasado muchos años, casi cien y los jardines de niños siguen en el mismo edificio que algunas primarias. Todos los alumnos tenemos derecho de aprender, hacer ejercicios, tener condiciones adecuadas y muchos planteles educativos no cuentan con esas características, ni para los pequeños, ni para los de primaria.

–Es cierto. Nuestras autoridades tienen mucho que revisar para que todos los niños cuenten con áreas adecuadas y seguras, pero también hay otro problema que existe hasta tu época.

–¿Otro más? –se alarma Valentín, rascándose la cabeza.

–¿Te acuerdas de la escuela suplementaria que a partir de este momento pasa a ser nocturna? Resulta que ya no van los padres de los niños, ni los niños que están atrasados, sino que hacen un convenio con el Sindicato de Panaderos y resulta que, son muchos los jóvenes que se inscriben, pero muy pocos los que asisten.

–Pues, en mi época, van muy poquitos alumnos y los maestros que se van jubilando ya no son sustituidos. Todavía funcionan algunas escuelas nocturnas pero, la verdad, aunque hay personas que necesitan hacer su primaria o secundaria, parecieran no estar interesadas y son muchos menos que antes; algunas veces, dejan sucios los espacios que ocupan o no cooperan con la primaria de la mañana en hacer arreglos –dijo enfadado Valentín.

–Fíjate que, en este año que visitamos, hubo 468

alumnos de primaria, quienes fueron atendidos por diez profesores. Aparte, con el salón anexo del jardín de niños, al cual le pusieron "Antonio P. Castilla", tuvieron que colocar al grupo del primer ciclo grupo A en el corredor de la planta alta, con muy serias dificultades para sus labores. El director Francisco M. de la Llave pide al municipio crear una nueva escuela completa, estableciéndola en el punto de la ciudad que más fuera adecuado.

–Así tenía que haber sido, Yoltic, pues la escuela es muy pequeña, no entiendo cómo quisieron ponerla en acción sin un lugar adecuado para ese método de enseñanza.

–Vamos, Valentín, veamos qué pasa algunos años después en tu ciudad y en tu escuela.

–¡Otra vez el remolino, las lucecitas y las letritas! Y la mareadita... –bromeó Valentín sonriendo.

"La enseñanza es más que impartir conocimiento, es inspirar el cambio. El aprendizaje es más que absorber hechos, es adquirir entendimiento"

William Arthur Ward

CAPÍTULO 14

Algunos años después

–Uff, ya llegamos, ¡fueron pocas vueltecitas!

–Porque no fuimos muy lejos en el tiempo, Valentín. Ahora te cuento que, como no era suficiente la limpia pública en Córdoba allá por 1929, se les pide a los profesores del municipio realizar campañas para mantener la limpieza de la ciudad y también ese mismo año se les solicita la colaboración de un día de trabajo para mejorar el Hospital Civil Yanga, ya que tenía muchas necesidades.

–¿Qué no tenía dinero el gobierno para la limpia pública y la mejora del hospital? –preguntó Valentín.

–Pues, tal vez sí, pero apenas se estaba organizando bien el país. Y otra noticia que no te hará muy feliz… ¿te acuerdas del maestro Antonio Quintana?

–Sí, claro, el director por más de treinta años que se enfermó y no querían pagarle aunque estaba muy mal.

–Ese mismo, Valentín. La historia se repite.

–¡Otra vez! –se lamenta indignado.

–Pero ahora con el maestro Antonio Arenas, quien en el

mes de junio de 1929 se empieza a sentir mal y pide un mes con goce de sueldo, pero su salud se agrava y debe solicitar un mes más; adicionalmente, a los maestros se les debía ocho decenas de salarios, que se les iban a liquidar con el 20% del impuesto del café, pero se suspendió el pago por deudas que no se habían tomado en cuenta.

–Y mientras el maestro Arenas, cada vez más enfermo, esperando su salario y muchos más que han deber tenido muchos problemas económicos.

–Exactamente. Los maestros no titulados empezaron a ser rechazados de las escuelas, dando prioridad a los maestros normalistas.

–Pienso que eso está bien, para ejercer una carrera se deben tener los estudios necesarios.

–Sí, Valentín, pero estos profesores tenían años dando clases sin haber asistido a la Normal, por derecho eran profesores empíricos, o sea, con experiencia pero no con estudios y estaban perdiendo su trabajo por los jóvenes maestros de las normales.

–Entonces tenían que prepararlos mejor, pero que no perdieran sus trabajos.

–Sí, eso hubiese sido buena idea... pero ahora, como en resbaladilla por ser el mismo tiempo, haremos un viaje muy largo a otro país.

–¿Otro país? –indagó Valentín azorado.

–A Inglaterra, donde los niños ingleses escriben a los niños que iban a tu escuela en 1929.

–¿Qué dice el mensaje?

–Vamos y te lo muestro, es súper interesante, pero agárrate fuerte porque vamos lejos.

–Yoltic, yo no se inglés.

–No te preocupes, nadie nos ve, pero nosotros los escuchamos perfectamente en nuestro idioma y sin traductor, ¿a poco no te parece maravilloso?

–¡Súper maravilloso!

–Uy, ya llegamos a la Escuela Summerhill. Mira, Valentín, un niño está leyendo la Carta de Buena Voluntad de los niños de Inglaterra, la cual enviarán por todo el mundo.

–Pararé bien las orejas, Yoltic, para escuchar qué dice:

"*15 de agosto de 1929. A las comunidades escolares del mundo: Les deseamos toda clase de alegría y éxito en su trabajo y en sus juegos. Esperamos que sean felices en cualquiera que sea la situación de su vida y esperamos su unión en el envío de mensajes de buena voluntad a todos y cada uno de los niños del mundo. Nosotros los niños ingleses no sabemos lo que es la guerra, pero nuestros padres sí y hacemos votos porque la Liga de las Naciones tenga éxito en unir a todos los pueblos del universo en un espíritu de amor y paz. Esperamos que todas las invenciones del futuro nos ayuden a conocernos mejor*"

–¡Qué hermoso mensaje!

–Pero también muy triste, porque nos está contando lo trágico que fue para sus padres la Primera Guerra

Mundial, tanto como la Revolución para los de México y ellos piden para todos los niños del mundo felicidad, amor y paz; desafortunadamente, tú y yo sabemos que el 01 de septiembre de 1939 estalló la Segunda Guerra Mundial y esos niños tuvieron que ir a pelear, muriendo muchos de ellos –recordó Yoltic con tristeza–. Bueno, regresemos a tu escuela, Valentín.

Y, abriendo el librito, se fueron en resbaladilla a Veracruz.

–Mira, a todas las escuelas primarias se les agregó un grupo de niños del jardín, aunque estaban saturados de alumnos los edificios. Eso del Método de la Acción era como un cuento.

–Pues el presidente de la Junta de Administración Civil, que era el encargado de los edificios escolares, pide a los directores de cada escuela que manden fotos de los planteles que servirán al gobierno para darse cuenta de las condiciones materiales de cada institución y así poder ayudarlas.

–¿No habría sido mejor que el encargado visitara primero todas las escuelas para ver si contaban con las condiciones necesarias para llevar a cabo el nuevo Método de Acción con tantos niños? Además, en las fotos no se pueden notar todas las carencias y menos en esa época, Yoltic.

-Así es, Valentín, pero muchas veces el gobierno ha hecho las cosas al revés; primero implementa los cambios y después ve si son posibles de aplicar –rió Yoltic sarcásticamente–. Mejor continuemos la crónica:

El 19 de agosto de 1929, el gobierno reconoce ante los

profesores que sí les debe más de diez decenas de sueldos, pero que los contribuyentes no han aportado y solo les pagarán hasta donde alcance el dinero.

—Pobres maestros, realizaban su trabajo y no les pagaban – dijo Valentín con tristeza.

—Y por muchos años así fue... ¡Ah! ¿Te acuerdas que unos años antes Venustiano Carranza estuvo en tu ciudad y sus tropas habían ocupado tu escuela para cuartel? Pues, según me acuerdo, fue en diciembre cuando el gobierno del ayuntamiento invita a todos los docentes a que asistan a develar la placa con el nombre de "Venustiano Carranza" que hoy se encuentra en la avenida 1, calle 1.

—Según lo que entiendo, no hay dinero para pagar los sueldos de los profesores, pero sí para develar la placa. Primero tenían que arreglar lo primero; además, esas tropas habían destruido la escuela.

—Al gobierno le convenía, Valentín, para tener un emblema de patriotismo y orgullo nacional que mostrar a la sociedad.

—Será, pero sigo disgustado, Yoltic, invertir en una placa conmemorativa mientras muchos profesores no tenían ni para lo más elemental.

—Para el siguiente año, el alcalde municipal envía una misión cultural para que les enseñen a los maestros pequeñas industrias y artes que debían ser integradas a sus asignaturas y de esta manera asegurar que los niños sepan realizar algún oficio al salir de la primaria.

—Es decir, ¿que en las escuelas primarias enseñaban

oficios?

–En algunas sí, como panadería, carpintería, corte y confección, orfebrería... como te dije anteriormente, se buscaba que los niños desarrollaran sus habilidades y algunos se iban a trabajar a talleres terminando la primaria, pues ya no seguían estudiando. ¿Te acuerdas del maestro Antonio Arenas?

–Otra vez... al que le debían como tres años de sueldo y se puso muy grave.

–Pues algunos años después, en 1933... vamos mejor a su casa para que veas lo que sucede.

–Bien, pero despacio, Yoltic, ya sabes que me mareo. Abro el librito y ahí vamos.

–¿Ves, Valentín? En el escritorio de esa humilde casa está la señora Pomposa.

–Ja, ja, ja, ¿tiene muchas pompis?

–¡Shhhh! No seas irrespetuoso. Así se llama la señora, Pomposa Pérez, ¿recuerdas que, desde el año de 1926, cuando se puso grave de salud, al profesor Antonio Arenas el gobierno le quedó a deber varios años de su sueldo?

–Claro que me acuerdo, Yoltic, te lo acabo de decir.

–Pues él falleció y la deuda era de $365,56 que nunca le pagaron, por eso su viuda redacta un oficio para la Tesorería Municipal, solicitando que ese dinero se lo den a ella, ya que vive en condiciones muy deplorables y entiende que el ayuntamiento no cuenta con esa cantidad, pues se trata de un desembolso muy alto, por lo que pide que le paguen el adeudo en cantidades mensuales y así cubrir el total señalado en un año.

–¿Y sí se lo dieron? Porque me pongo verde de tanta injusticia, quiero saber qué pasó con doña Pomposa –dice cubriéndose la boca para evitar reír–, no lo puedo evitar, Yoltic, su nombre es muy gracioso.

–Salimos de esta casa y vamos al ayuntamiento. Mira, le están dando contestación a su documento y dicen que se revisaron los comprobantes de tesorería y efectivamente sí se le debe, por lo que se le irá pagando mensualmente como ella solicitó en su oficio, hasta que sean cubiertos todos los recibos.

–Bueno, siquiera no se negaron a pagarle –recnoció Valentín resignado.

–Espera, va a suceder otra situación con doña Pomposa, pero te la diré más adelante.

–Te encanta tenerme en ascuas, Yoltic.

–Es que debo contarte que el maestro De la Llave organiza con ayuda de la Sociedad de Padres de Familia una kermés para obtener fondos y reparar la escuela .

–La escuela siempre se deteriora, pues son muchos niños y muchas escuelas en un solo edificio.

–En esa época era solo una, Valentín, con muchos turnos y niveles, pero los niños eran demasiados y, como las costumbres se hacen hábitos, se buscaba trabajar con todos para reparar los daños. Ahora en tu época ya no es una sola escuela, pero las otras instituciones no ayudan económicamente, ya que, según ellas, no tienen los recursos, pero sí hacen uso de toda la instalación escolar.

—Muchas injusticias, Yoltic.

—Hay algo muy bueno que te contaré para que se te olviden tantas injusticias.

—¡Sí, por favor!

—Bien, es que a partir de 1935 se crean equipos de voleibol, basquetbol, béisbol y otros más para fomentar el deporte entre los estudiantes.

—¡Formidable, Yoltic! Así los niños podían al mismo tiempo realizar deporte y estudiar.

—Aunque te seguiré contando que la escuela no deja de deteriorarse, si lo sabrás tú que constantemente hay que hacer reparaciones. En 1936, el maestro De la Llave decidió volver a pintar la escuela.

—Está muy bien, para que mi colegio esté en excelentes condiciones.

—Se había reunido una cierta cantidad de dinero gracias a la Sociedad de Padres de Familia y pidió apoyo al ayuntamiento para pintar la escuela, aunque también tenían que reparar puertas y pintar la herrería. Antes de que se me olvide, volveremos a ver un poco después a doña Pomposa. Vamos por el remolino, Valentín, tres años no son muchas vueltas. Allí está ella en su casa, escribiendo otro oficio al ayuntamiento.

—¿No que ya le habían pagado? —comentó Valentín extrañado.

–Te explicó, el ayuntamiento le pagó durante un año lo que debía de la deuda pero, muy abusadamente o abusivamente, no sé cómo decírtelo, solo le dieron $300 pesos quedando a deber $65.56 y de eso, como ves, ya habían pasado tres años.

–Entiendo, por eso está escribiendo otro oficio de nuevo.

–Efectivamente, pidiendo que se acuerden que la deuda no está saldada aún. Vamos a asomarnos al ayuntamiento para saber cómo lo resuelven.

–Ahí le están dando el dinero restante, ¡después de diez años! Es muchísimo tiempo.

–Así eran algunas situaciones. Ya el 9 de agosto de 1936, los maestros se organizaron para realizar una huelga, pues aun no les pagaban todo lo que les debían.

–Tardaron mucho para realizar la protesta –comentó Valentín.

–Sí, pero los maestros nunca quisieron llegar a eso, pues eran personas muy comprometidas con los niños, la educación y su país. ¿Te acuerdas del Método de Acción? Pues el 6 de enero 1937 se realizó uno de los primeros consejos técnicos, donde se platicó acerca de cómo se aplicaría y se concluyó que el programa se desarrollaría dejando a cada maestro en libertad para interpretarlo como lo entendiera, siempre y cuando su labor se hiciera de manera óptima. También se acordó que los días viernes por la tarde se entregaría en dirección el libro de preparaciones escolares y también se dijo que los trabajos manuales serían la consecuencia de las labores intelectuales y servirán para la adquisición de fondos para las cooperativas escolares y que los consejos técnicos solo se realizarían cuando los profesores consideraran que era necesario.

–Entonces, ¿los consejos técnicos no eran obligatorios uno por mes?

–No, Valentín.

–Pero eso de dejar al maestro en libertad de realizar su trabajo como el interpretara el método, al final pienso que no servía para nada, pues cada quien enseñaba como quería. ¿Y no que los trabajos manuales no se venderían sino que era para que los niños desarrollarán sus habilidades? No entiendo.

–Sí, pero eso es un problema que ya hemos visto, el gobierno manda el método y el programa, luego investiga si funciona en las escuelas y después capacita a los maestros. Resultado: hacen todo al revés y no hay avance. Primero se debe investigar yendo a cada escuela y observando que sí sirve, después capacitar a los maestros y, por último, darle forma al método y al programa.

–Cierto, Yoltic, así nunca van a funcionar.

–Por otro lado, estaban las reparaciones que necesitaba la escuela; pues al fin, en 1937, envían por parte del gobierno a un ingeniero de Orizaba a revisar el edificio para poder hacer las mejoras necesarias.

–Me parece que se tardaron, pero qué bueno que llegó.

–Y qué te cuento, mi amigo, que en 1939 se hace una campaña entre los alumnos de quinto y sexto para que enseñen a leer y escribir a un adulto y así bajar la tasa de analfabetismo en México que, para esta época, es del 72% en adultos mayores de quince años, especialmente en las zonas rurales.

–Eran muchísimos los que no sabían leer y escribir, eso me asombra mucho, Yoltic.

–Vámonos, Valentín, algunos años más adelante.

–¡Bien! Como son poquitos, son pocas vueltas.

"Cuando prosperan las escuelas, todo prospera"

Martín Lutero

CAPÍTULO 15

La década de los años cuarenta

–Ya llegamos, Valentín, no fueron muchas vueltas en el torbellino. Observa cómo el analfabetismo era mucho en esta época, trataron de disminuirlo rápidamente y por eso, a partir de este momento, se empezaron a fundar más escuelas en cada ciudad y en los lugares más apartados de los municipios, también se aceptaron menos alumnos en cada colegio para poder atenderlos mejor.

–¿Y cómo lo hicieron, Yoltic?

–Pues mira, en los terrenos vacíos se hacía una escuela si nadie reclamaba el predio o era donado por alguna persona y los niños que vivían cerca del lugar tenían que inscribirse en estos nuevos planteles.

–¡Eso fue súper excelente!, así muchos niños tuvieron la oportunidad de asistir al colegio.

–En esta etapa histórica, se pavimentaron muchas calles de la ciudad y se hacían fiestas populares para que la ciudadanía cooperara con los cambios de remodelación y modernización de la ciudad, pero otra vez tu escuela estaba en muy mal estado. Como dijiste, un colegio necesita arreglos frecuentemente; le faltaba pintura por dentro y por fuera, en rejas, puertas y, sobre

156

todo, techo. Por sus condiciones, el edificio amenazaba con desplomarse, poniendo en peligro la vida de la comunidad escolar, además que los inodoros no funcionaban. El señor Antonio Ruiz Galindo, un conocido empresario, dio una buena parte del dinero para la remodelación, él era exalumno de la escuela "Cantonal".

—Entonces, ¿se hicieron los cambios que necesitaba el colegio?

—Así es, de 1941 a 1943. Como el edificio estaba en condiciones lamentables y representaba mucho peligro para todos, se hicieron las reparaciones mencionadas y también se compusieron los pisos y la escalera principal, que era de madera.

—¿Y a poco en ese tiempo de remodelación los niños tuvieron clases en la escuela?

—No, Valentín. En ese periodo, las clases se realizaron por las tardes en la Escuela Primaria "Ana Francisca de Irivas". Se me olvido decirte, que fue en este tiempo cuando los turnos se separaron y se crearon colegios matutinos y vespertinos para dar más oportunidad a los niños de estudiar.

—O sea, Yoltic, que ya los niños no iban en la mañana y la tarde, sino que algunos alumnos asistían en la mañana y otros en la tarde.

—¡Qué listillo mi amigo! También en este año murió un gran benefactor de Córdoba.

—¿Quién fue ese?

—Un sacerdote que vino de Estados Unidos, se llamó

Francisco Krill Horback, fundó el grupo de bomberos y construyó un parque hermoso llamado La Alameda, donde había un lago con lanchas, juegos infantiles y las familias de Córdoba iban de día de campo; desafortunadamente, este paseo desapareció con su muerte, en tu actualidad existe ahí un fraccionamiento con hermosas casas. El padre Krill también apoyó con la pavimentación de varias calles de la ciudad. Él quiso ser enterrado en México y mucha gente cooperó para que así fuera. Es triste que pocas personas se acuerden ya de él y del trabajo tan importante que realizó –lamentó Yoltic.

–La Alameda sí la conozco.

–No, Valentín, de la que tú recuerdas es otra Alameda, pues esa Alameda que te cuento estaba donde en tu tiempo hay un fraccionamiento, la segunda Alameda se construyó después por la Colonia México, pero nada que ver.

–Eso no lo sabía, pero creo que oí hablar del padre Krill, cada año los bomberos le hacen un homenaje.

–¡Muy merecido, por cierto! Gracias a él se acondicionó la iglesia de San Antonio de Padua como su sede desde 1936, luego de que los carrancistas que la tuvieron tomada como cuartel general finalmente la abandonaran dejándola semi destruida. El padre Krill, como su párroco, hizo todos los trámites para conseguir los materiales para la reconstrucción, dos carros y aditamentos en general para que se asentara allí el cuerpo de bomberos que tanto necesitaba la ciudad de Córdoba. Por otro lado, en 1944, hubo el primer problema grave con el jardín de niños que se anexó a la escuela, que en ese momento únicamente era un salón.

–¿Qué ocurrió, Yoltic?

–Pues que la educadora Carmen Jiménez del Jardín "Antonio P. Castilla" que funcionaba con ese nombre aunque seguía perteneciendo a la cantonal "Francisco Hernández y Hernández" solicitó un mes de permiso para ir a su tierra y ya se había vencido el tiempo y aún no se presentaba de vuelta.

–Pues, si no había maestra, pienso que era el momento ideal para decirle adiós al preescolar.

–Tal vez, pero las autoridades querían mantener a los jardines de niños en la mayoría de las primarias, aunque no tuvieran las características adecuadas para estar ahí.

–Sí, ya me lo dijiste, para tener asegurado el mayor número de alumnos y que se pudiera realizar la alfabetización del país de manera más rápida –recitó Valentín en forma de cantaleta.

–Exacto, me entendiste perfectamente, tienes cien por ser un alumno excelente –resaltó Yoltic con cara de satisfacción–. En ese mismo año, el director de la que posteriormente será tu escuela, el profesor Francisco M. de la Llave, manda al presidente municipal un proyecto donde describe las carencias materiales del edificio pues, aunque ya se había hecho una mega reparación, consideraba que para el exagerado número de alumnos con el que contaban las condiciones seguían sin ser las adecuadas.

–Pero, ¿no había disminuido la cantidad de alumnos?

–Solo un poco, pues era la escuela principal y estaba en el centro de la ciudad; por lo tanto, por más cambios que se hicieron, no se podía llevar a cabo el Método de Acción por la falta de espacio.

–Oye, ¿y me puedes decir qué decía ese proyecto?

–Acompáñame a la dirección de la escuela, ahí está el maestro Francisco de la Llave escribiéndolo y lo lee en voz alta para ver si no le falta algún detalle.

–Bien, vámonos caminando. Qué bueno es esto de oír, ver y atravesar paredes, tiempos y lugares sin ser visto ni escuchado.

De pronto, Yoltic ríe pícaramente.

–¿Y ahora qué te sucede? ¿Por qué te ríes?

–Es que en ocasiones no funciona muy bien eso de no ser visto o escuchado, pues hay personas que sí han sentido cosas raras o me han visto, tal vez luego te cuente un par de anécdotas, pero ahora vamos a la dirección. Parece que ya terminó de redactar el proyecto y lo está leyendo, a parar oreja, Valentín, escuchemos lo que dice el maestro De la Llave:

"Desde la fundación de las escuelas cantonales, no hemos contado con edificio propio, el plantel donde laboramos primeramente perteneció a la iglesia y posteriormente al gobierno del estado. En 1880, cuando fue creada la "Escuela Secundaria y Preparatoria de Artes y Oficios", cedió todo el edificio para esta función, pero tuvieron el problema de que ya estaba funcionando la primaria de varones, que al principio anexaron como liceo de la secundaria, pero cuando cambió a escuela cantonal "Francisco Hernández y Hernández" (debe existir probablemente un documento en los archivos de 1887 o 1888 del ayuntamiento), se dispuso a proporcionarle a la escuela primaria el local de la esquina de la avenida 1 calle 1 y 2. En varias ocasiones, la dirección de la Escuela Secundaria y Preparatoria de Artes y Oficios ha pedido al gobierno municipal la desocupación total del local, por tener necesidad de utilizarlo para sus propios intereses, lo cual entendemos perfectamente. Petición que nunca ha sido atendida por el ayuntamiento, seguramente desde el año señalado, por no contar con un local apropiado para nuestra escuela.

Se han ido haciendo reparaciones, yo les llamaría remiendos, el piso es de 1917 y el techo apenas se cambió, pero es necesario tener otras condiciones materiales. La escuela se encuentra frente a la cárcel, en los portales más cercanos. Aunque son históricos, se encuentran puestos de fritangas y venta de bebidas embriagantes; el ambiente moral es inadecuado para las finalidades que, por razón natural, persigue una institución educativa al enseñar a los hijos del pueblo con un espíritu de libertad y con el noble propósito de mejorar ampliamente las condiciones vitales de la gente, orientándolos hacia la mejor comprensión de la naturaleza y consecuente con las finalidades de evolución para laborar de una manera correcta, enseñándole a los niños el amar a la tierra, cultivarla, estableciendo campos de beneficio agrícola, cría de animales útiles al hombre, talleres para desarrollar en los alumnos el amor a las artes, cosas estas irrealizables en el medio que actualmente ocupa la escuela, que tiene a sus niños encerrados en cuatro paredes de un salón de clases porque no cuenta con espacio para ninguna actividad y el patio es ridículamente pequeño, hasta para el descanso, ya que no pueden jugar en ninguna forma.

En este espacio tan chico tiene la institución funcionando desde 1888 como escuela cantonal y, por este motivo, el gobierno dictaminó al momento de su fundación y en 1912 que no se colocaría ningún preescolar por no contar con las características materiales para éste; sin embargo, ahora ordena que se hagan dos grupos de jardín de niños, cuatro grupos de educación elemental primaria y dos grupos de educación superior primaria, con una asistencia de más de cuatrocientos alumnos; cabe mencionar que se dan clases vespertinas a otros niños, pues con el nuevo programa se da apertura a una institución vespertina independiente y una escuela nocturna para trabajadores, así como la escuela de taquimecanografía. Las leyes dictadas por el gobernador del estado tienden a beneficiar a las distintas clases sociales, por eso pedimos la edificación de una nueva escuela, para eso se podría expropiar algún terreno.

En resumen, solicitamos alguna de las siguientes soluciones: 1.- Pedirle al señor gobernador del estado la venta inmediata del edificio que ocupa actualmente la Escuela Primaria Superior No. 1 "Francisco Hernández y Hernández" anteriormente cantonal de varones, utilizando su producto íntegro a la edificación de un plantel con las características que se necesitan para tener una educación adecuada para los alumnos.

2.- En caso de no convenir al estado la venta, que él mismo

ceda al municipio el local que ha venido utilizando y realice su venta en una cantidad no menor de cincuenta mil pesos, destinada a la construcción del plantel.

3.- También puede ser concedida a la Sociedad de Padres de Familia y a la dirección de la escuela, la facultad para vender el edificio y con ese dinero edificar en un terreno amplio uno adecuado a nuestros intereses.

4.- Se requiere la expropiación de un terreno para la escuela de cinco hectáreas y el que se escogerá de acuerdo con la dirección de la escuela y del despacho técnico escolar."

–Wow, ¡eso estuvo fenomenal!

–Sí, pero el gobierno no le hizo caso, ya ves que en tu época siguen con el mismo problema y parece que no hay solución.

–¿Por qué no considerarían importante lo dicho por el maestro que era tan querido y reconocido en la ciudad? – se pregunta Valentín.

–Probablemente, no tenían el dinero o el terreno, o no hubo quien siguiera el proyecto –razonó Yoltic encogiéndose de hombros–. Como en otros casos, se me olvidó decirte que el profesor Francisco M. de la Llave se encuentra mal de salud y eso lo podemos leer en una carta que le envía a un amigo.

–¿Y dónde está esa carta, Yoltic? Me gustaría verla.

–Sígueme, amigo mío.

"La enseñanza es más que impartir conocimiento, es inspirar el cambio. El aprendizaje es más que absorber hechos, es adquirir entendimiento"

William Arthur Ward

CAPÍTULO 16

Algunas cartas personales

Valentín camina junto a Yoltic hacia la dirección cuando este último se da cuenta de algo y corre hacia el interior.

–¡Mira, el maestro De la Llave dejó la carta sobre su escritorio! Vamos a leerla para que escuches que se sentía muy mal de salud:

"Mi querido Luco:

Ya tengo el certificado que me pediste con sello, firma, reconocimiento oficial y todas las yerbas que le dan la seriedad oficial al papelito y esperando que para ti sea útil. Por mi hogar, toda mi tribu sin novedad, tengo ocho jóvenes de los cuales dos son señoritas y seis varones, de estos se reciben este año y parte del entrante dos, uno de abogado y el otro de médico, tendré que seguir luchando para formar a los otros dos que siguen, pero la muerte me acecha y no creo que sea remota, espero que pueda verlos formados, pero de cualquier modo seguirán estudiando, ya que he dicho a mis hijos que sean verdaderos hermanos y se vean con cariño, con esperanza para el futuro y en mi ausencia entre ellos se apoyen.

Estoy contento por ellos y hasta ahora, todos van por buen camino. Permita el cielo poder verlos formados y siendo útiles a la sociedad y a la Patria.

Bueno, viejo amigo, quiero decirte que me dio gusto el haber sabido de ti y de los tuyos, para los que Dios conceda muy largos años de vida. Ofrezco mis cariñosos recuerdos a tu esposa, tus chilpayates y chilpayatitos, pues pienso que ya serán abuelos ¿No es así? Y que conste que no quiero suponer que efectivamente ya son viejitos (como yo). Acepta amigo un abrazo de tu viejo amigo que siempre te quiere. Francisco".

–Parece una carta de alguien que sí está enfermo; por lo que dijo, parece que sí estaba muy mal, pero no quería que la gente lo supiera.

–Así es, Valentín, pues él muere en 1947 y está carta la escribió en 1944.

–Muchas situaciones tristes, Yoltic, pero lo que me asombra es que aun con todas esas circunstancias, ellos realizan su labor con responsabilidad, serenidad y compromiso.

–Y me falta contarte otra historia...

–¿Otra historia?

Valentín se toca la cabeza con preocupación.

–¿Te acuerdas del maestro Manuel C. Tello?

–¿El que mandaron a llamar para que fuera director de la escuela Normal?

–Ese mismo, Valentín, pues durante ese año de 1944 está pasando por una condición muy preocupante, vamos a deslizarnos por el libro para cambiar de ciudad hacia

Xalapa; en su oficina, él escribe también una carta para su hermano.

–Vamos, ¡que deslizarnos es mejor que el remolino!, –ríe Valentín–. Pero ahora me toca leer a mí, Yoltic, ya voy en tercer grado y mi maestra dice que lo hago muy bien.

–Bien, entonces seré yo quien pare las orejas –bromeó Yoltic.

–No te hagas el gracioso. Supongo que ya la leíste muchas veces, pues has vivido muchos años.

–No he leído todo y si lo leí también tengo mala memoria.

–¡Qué bueno que está en su escritorio! Por lo visto, ahí dejan todos los papeles importantes los directores.

–Bien, pues empieza, Valentín.

–Ahí voy.

"Querido hermano:

Te escribo y no contestas a pesar de que alguna vez hasta te regalé una hermosa máquina de escribir. Pero esta vez necesito que me contestes "a fortiori".

–¿Qué significa *fortiori*? –se detiene Valentín.

–Significa a fuerzas o "huevito de gallina" –contestó Yoltic.

–Ya entendí. Continuaré leyendo...

"Se trata de que me preguntan el significado del escudo de Córdoba y... no sé qué decir. Hazme el favor de ilustrarme, aunque tengas que ir a visitar a Ramón Mendoza. He buscado

información inútilmente y tú eres mi última salvación.

Quiero que me apoyes, hermano, me encuentro devastado, estoy pasando dolorosos momentos que brevemente son:

Mi hijo Nacho enfermó gravemente en México y su esposa, mi nuera, se encontraba embarazada, con la angustia se le adelantó el parto, dio a luz a un hermoso niño que desafortunadamente murió.

Mi hijo se ha ido recuperando, pero aún no sabe lo de su hijito, nos da miedo decirle pues aún está delicado y la noticia podría dañarlo más. Yo estoy en mi trabajo, a diario asisto con mi mejor cara de alegría y mi ánimo entero, atendiendo la Normal y preparando las próximas fiestas estudiantiles, aunque interiormente me siento destruido. ¿Tú y tu familia? Espero que estén completamente bien.

Con todo mi afecto.

Manuel".

–Me da mucha pena –dijo Valentín secándose sus ojitos–, el maestro Manuel tiene que fingir estar contento, aunque tenga ese dolor tan grande.

–Sí, mi amigo, muchos maestros de ayer y de hoy tienen incontables problemas, los cuales deben hacer a un lado y continuar por el bien de sus alumnos, enseñando con paciencia y gusto, aunque su sufrimiento sea grande.

–Como admiro a los profesores, Yoltic.

–Espera, Valentín, daremos unas vueltecitas; son pocas, pues al tercer día llega la contestación del hermano del maestro Manuel C. Tello.

–Eso no es mareador y quiero escuchar lo que le contestó.

–El maestro Manuel lee la carta en la dirección, vamos a escucharlo entonces.

"Mi muy querido hermano:

Hoy sí, como dicen los muchachos, me diste en la "mera torre". En tu querido hogar existe una pena muy honda y precisamente por ella olvido mis dolencias y obligo a mis pobres ojos a buscar las letras en la máquina, las letras que deberán vaciar mis sentimientos.

Me duele en lo hondo de mi corazón el estado de tu hijo, que me dices que en este momento está en México y le ruego a Dios lo cure totalmente y al que pienso debes viajar para estar con él y darle la triste noticia de su hijito, pues de lo contrario se me antoja será mayor su pena, cuando pasados muchos días le cuenten lo ocurrido. A pesar de que eres un excelente maestro, te falla para educar a tus propios hijos y eres muy bueno para los extraños, a tus hijos los has formado con carácter fuerte, pero debes demostrar tu cariño e ir y me atrevo a afirmar con toda entereza que él soportará su dolor y hazle ver que tiene a su lado a su esposa que se salvó, que los dos son jóvenes y podrán tener más hijitos y que ella lo apoya.

Yo también soy chambón para cuidar a los míos, pero con ese dolor tan grande yo estaría con mi hijo y ya le habría dicho:

Tu niño era un angelito muy lindo que se fue con Dios, pero te queda tu adorable compañera, que, aunque los dos deben recuperarse físicamente y del dolor, van en camino de franca mejoría. Me dirás que les duele mucho a Clorinda y a ti darle la noticia, pero ¿no piensas que cada día que pasa es más difícil? En fin, hermano, es tu decisión, piénsalo bien y quiero que sepas que hoy, mañana y siempre, me duele lo que te sucede y quisiera con el alma darte alivio inmediato a ti y tu familia. Te ruego le digas a Clorinda que en este, tu hogar, sentimos esta situación que impera en el corazón de ustedes.

Con tu breve carta y síntesis que siempre has hecho para escribir y que te caracteriza, me dijiste que es tu hijo Nacho el que está enfermo, pero no sé cuál de tus hijos es ¿el profesor de Tuxpan, el que vive en Veracruz o el médico que está en Xalapa? Bueno, creo que eso no importa, quien sea, quiero que sepas que me duele y ruego a Dios que les devuelva la paz y la dicha en el hogar.

Me hablas de las fiestas escolares próximas y en las que tendrás que poner tu mejor cara, pero hermano, ¿tú crees que es bueno cuando tu alma está sangrando? ¿No podrías quitarte el pellejo de maestro e ir con tu hijo para dedicarte a él y darle alivio?, él es una parte muy grande de tu propio corazón. Si tu hijo está en México, muévete y ve a México, remueve el cielo y la tierra, cuídalo y estate con él hasta que esté totalmente repuesto, porque pienso que así debe de ser.

Para el asunto del Escudo de Córdoba, el señor Ramón Mena me dijo que el Escudo de Córdoba fue dado por Felipe III y contiene en sus cuarteles los escudos de las provincias de España en esa época. En el centro tiene un escudo que es de Portugal, que entonces pertenecía a España y contiene en forma de cruz cinco palmeras, donde erróneamente se ponen cinco flores de lis. El escudo está sobre montado por la Corona Real y rodeado de la cadena de Toisón de Oro, esta cadena es indiferentemente en circunferencia o en óvalo. Lo anterior dice el licenciado Mena, aclarándose que, si necesitas mayores datos, está dispuesto a darte cuantos informes desees.

Y dime: ¿La profesora Josefina Méndez ya te dio el escudo ofrecido? Se me hace que es "llamarada de petate" y que valdría la pena le pusieras una cartita para recordarle. Te aseguro que entonces se acordará y cumplirá. Bueno, hermano, que conste debes perdonarme que no te escriba, porque te hablo lo más seguido que puedo por teléfono, aunque me gasto algo de dinero. Me quedo con tus penas y te abrazo cariñosamente.

Tu hermano"

–El maestro Manuel Tello está llorando y también yo…

Valentín voltea y ve a su amigo de aventuras a quien también le ruedan las lágrimas.

–Debemos estar tranquilos. El profesor le hará caso a su hermano, pues tiene razón –le adelanta Yoltic.

–Qué bueno que lo hizo reflexionar y se fue inmediatamente con su esposa a ver a su hijo, es bueno que haya sido un maestro excelente, pero primero debe estar con su familia pues, aunque sus alumnos son importantes, sus seres queridos lo requerían en ese triste momento.

–Sí, Valentín; además, es un caso muy especial y su hijo necesitaba a sus padres con él en ese instante tan angustioso.

–Mis papás también me cuidan mucho y están siempre para mí, son unos padres excelentes.

–Regresemos ahora a tu escuela, donde siguen con las

reparaciones a medias. Aunque ya habían hecho algunas, el techo del edificio tuvo que volver a ser reparado en 1947, ya que el número de goteras era muy grande, creo que llovía más adentro que afuera, como la vez anterior.

–Lo bueno es que el ayuntamiento hizo esas reparaciones, sino habría que asistir con paraguas dentro de la escuela – rió Valentín.

–Se vería muy colorida el aula todos con paraguas. Lo que sí, la ayuda llegó hasta julio de 1947.

–Menos mal que era urgente, sino todavía no llegaría – acotó Valentín sarcásticamente.

–En ese año, el presidente municipal respondió que se iban a retejar los techos y tapar las goteras. Esta es la última carta que recibe el maestro Francisco M. de la Llave, pues él falleció ese mismo año.

–Era una situación anunciada, su salud ya no era muy buena, lo vimos. Quiero saber qué pasó unos años después, ¿quién tomó su lugar?

–Pues vamos, Valentín. ¡En marcha a toda velocidad! Da la vuelta rápidamente a las páginas del libro.

*"La educación es el arma
más poderosa para
cambiar el mundo"*

Nelson Mandela

CAPÍTULO 17

Los años cincuenta

–Llegamos, mareaditos, como siempre dices, pero bien. Según el libro mágico, ¿qué año marca?

–1951 –verificó Valentín.

–Ya sé quién es el director ahora.

–¿Quién, Yoltic?

–El profesor Fidel Medina, ya hablamos algo de él anteriormente.

–Sí, el maestro que llegó de Oaxaca...

–Me dijiste que el año es 1951. En esa temporada estaba muy fuerte la afición al béisbol y fue cuando llegó a Córdoba Roberto Ávila González, quien era un importante beisbolista, estudió en tu escuela y se hizo un baile en su honor y también para recaudar dinero. Otra situación importante que recuerdo de este año fue que se organizó el primer concurso de declamación para apoyo de la escuela "Guillermo A. Sherwell" y un homenaje a las Naciones Unidas.

–¿Y los niños ingleses mandaron otra carta?

−No, Valentín, pero se habló de lo horroroso que son las guerras, que no hay justificación para que los hombres luchen unos contra otros, ya que los hogares se desintegran, todos los países pierden fuerza social, económica, política y la moral disminuye, haciendo que la humanidad retroceda; por eso, ahora es petición de todos los países que se predique la paz con justicia, a fin de llegar a la conquista de la felicidad del género humano.

−Que hermosas palabras, Yoltic, espero que ahora sí se logre, para que no ocurra como en la carta que enviaron los niños ingleses. Por lo menos hasta mi época no ha habido otra guerra mundial y espero que así sigamos.

−Yo también lo espero.

−Mira, ahí va el director Fidel Medina.

−Va a ver al doctor Luis Cervantes García.

−¡No me digas que se encuentra mal de salud también! − exclamó Valentín.

−No, él está muy bien. Este doctor es el encargado de los Servicios Coordinados de la ciudad, lo que en tu época se llama Protección Civil.

−¿Y para qué lo va a visitar?

−Pues mira, Valentín, ¿te diste cuenta que anteriormente los pasillos de Los Portales, que en tu época se utilizan para cafeterías, eran usados para cantinas y vender fritangas? Esta situación cambió en 1951, pero surgió un inconveniente un año después de inaugurado el Restaurante Zevallos.

–¿Qué inconveniente?

–Que la chimenea que le daba salida al humo de la cocina inundaba de hollín los salones de la escuela y enfermaba a los niños; contando los de la mañana, tarde, jóvenes de la nocturna y niños del jardín sumaban ochocientos alumnos. Como puedes observar, el mobiliario y los pisos estaban sucios siempre.

–¿Y el doctor ayudó a resolver el problema? –Preguntó Valentín.

–Efectivamente, fue a visitar el restaurante y les dijo a los dueños de ese negocio que corrigieran el desperfecto pues dañaba la salud de toda la comunidad escolar y así lo hicieron.

–¡Bravo!, qué bueno que, por el bien de todos, se corrigió esa situación.

–Dale la vuelta al libro, Valentín, son pocas vueltecitas, no pasa nada. Mira, en 1954, la profesora del preescolar ya había faltado durante más de un año por problemas de salud.

–Fue otro momento propicio para que el jardín se cambiara de lugar...

–Tienes razón, pero recuerda que las nuevas disposiciones eran que en cada primaria debía haber un preescolar.

–Ya qué. –Resopló Valentín insatisfecho.

–La idea de que los preescolares se encontraran dentro de las primarias, tanto de niños como de niñas, era que ahí mismo se inscribieran al crecer. Aunque, con el correr de los años, la mayoría de las escuelas fueron reubicadas.

–Menos la mía... Pero dime, Yoltic ¿qué escuelas fueron reubicadas realmente?

–La "Miguel Alemán" posteriormente "Francisco I. Madero", a la que le integraron dos preescolares, no sé por qué. A la primaria "Carlos A. Carrillo" y la "Úrsulo Galván" que estaban a tres cuadras de distancia, las pusieron juntas... pero no revueltas –dijo Yoltic riendo–, el jardín que se anexó a estas fue "El Club de Leones" y la primaria "Guillermo A. Sherwell", a la cual dieron un edificio propio muy grande y separaron el jardín en otro local también bastante amplio.

–¿Qué preescolar era? –se interesó Valentín.

–El "Federico Froebel".

–Este preescolar y la primaria "Guillermo A. Sherwell" quedaron con edificios muy grandes, bonitos y separados... así deberían haber sido todas las escuelas.

–Exacto, pero un dato interesante es que la primaria y el jardín las fundaron sobre lo que anteriormente era el panteón de Córdoba.

–Uyyy, ¡qué miedo!, ¡se han de aparecer fantasmas!

–Yo no estoy en esas escuelas y ¿quién crees que soy?

–El espíritu de mis antepasados. ¡Ah!, ya entiendo, eres un fantasma... –razonó Valentín con un poco de incredulidad–, pero no importa, tú eres bueno y me caes súper bien.

Yoltic puso cara de satisfacción y continúo su historia.

–Valentín, en 1955 regularizan ya la asistencia de la educadora del Jardín "Antonio P. Castilla". El director de este preescolar seguía siendo el profesor Fidel. Fue en ese año de 1955 que el ex alumno Antonio Ruiz Galindo ayudó a la escuela donando materiales, pintura, pupitres, escritorios, pizarras, etcétera.

–Ojalá todos los exalumnos fueran igual a él y pensaran con gratitud en sus escuelas y en los niños que asistimos a ellas para que, con su ayuda, todas las instituciones educativas fueran mejores.

–Muy cierto, Valentín, ese año el gobernador del estado exige establecer más escuelas, sobre todo en las colonias y pide el nombramiento de más maestros, por eso invita a la sociedad a que fomenten en los niños el entrar a estudiar a la Escuela Normal; es esa época, para ingresar al plantel solo pedían que los aspirantes hubieran terminada la primaria. En dos años más, al subir tanto el número de escuelas y maestros, separaron en dos inspecciones diferentes a los preescolares y las primarias.

–Veo que hasta este tiempo no hubo tanto problema, pues tenían el mismo director, pero seguro todo va a cambiar.

–Eres muy observador, Valentín, a partir de ese momento quedan dos directores de dos sistemas diferentes en el mismo turno.

–¡Qué problemón!

–Y no te he contado todo… la estructura de la capilla en realidad son dos.

–¿Dos qué?

–Dos capillas que eran del convento de Santa Rosa de Lima y de Santa Ana, un edificio hermoso de la época colonial, una parte utilizada por el colegio preparatoria y la otra parte por tu escuela; es histórico porque ahí se firmó, en el espacio del coro, la Constitución de Veracruz en 1917, pero desde ese tiempo una de las bóvedas quedó destruida por los excesos de las tropas carrancistas y en 1959 se decidió demolerla, la escuela no pudo reconstruirla y así se quedó por mucho tiempo.

–¿Cuánto tiempo?

–Vamos con calma, esta historia continuará –bromeó Yoltic riendo.

–Bueno, si no me vas a contar nada, mejor le doy vuelta a este librito, digamos... unos cinco años después.

Acto seguido, Valentín sacude el libro y mueve las hojas rápidamente.

*"La educación es para
mejorar la vida de los demás
y dejar el mundo mejor de
como lo encontraste"*

Marian Wright Edelman

CAPÍTULO 18

Las últimas décadas del siglo XX

–¡Ahora estoy todo atarantado como si hubiera salido de una lavadora de tantas vueltas! ¿Por qué sacudiste tanto el libro?.. Y eso que estoy acostumbrado a los viajecitos.

Valentín no para de reír.

–Menos mal que ya llegamos –suspiró Yoltic–, es 1965 y la directora de tu escuela es Concepción Maza Vargas.

–¿A poco ya se murió el profesor Fidel Medina? –preguntó con tristeza Valentín.

–No, él ya se retiró y en este momento goza de una salud formidable.

–¡Menos mal!, el primero que no fallece en sus funciones... y como dice Bugs Bunny: "¿Qué hay de nuevo, viejo?" – bromea Valentín riendo.

–Creo que siguen los mismos problemas con otros actores, pues mira la directora, solicita al inspector escolar y al director general de educación la reubicación de las cuatro escuelas que se encuentran dentro del edificio de la "Francisco Hernández y Hernández": el jardín de niños, la vespertina, la nocturna y la de taquimecanografía, o la realización de un plantel educativo modelo para alojar a todos los turnos que trabajan en el mismo local.

–Cierto, Yoltic, es el mismo problema con otras personas.

–Además, el mantenimiento escolar lo hace solo la escuela primaria matutina, pues los otros colegios no quieren cooperar y el problema se agudiza aún más porque cada escuela alojada en el edificio tiene su propio conserje y las labores se deben repartir equitativamente, recuerda que antes de 1956 el director era el mismo para todas y solo había dos conserjes. Mira, es la primera vez que están reunidos en la inspección los directores de cada escuela con los encargados de limpieza y donde levanta acta el inspector escolar para encargarles que cada turno deberá entregar el edificio limpio, los depósitos de los salones y corredores sin basura y los sábados deberán lavar perfectamente los pisos de los salones y las áreas que correspondan a cada uno, incluyendo puertas y ventanas.

–Esto no va a funcionar muy bien pues, hasta mi actualidad, los que hacen el trabajo más pesado son los conserjes de mi escuela primaria y los otros solo medio realizan su labor.

–Vaya... sin embargo, todavía en esta época los inspectores levantaban actas de incumplimiento y las personas reportadas podían ser reubicadas o dadas de baja, también la cooperación entre las escuelas era un poco mejor ya que, después de hablar con el inspector, la vespertina y nocturna dan su cooperación para reparar el plantel, pero el jardín de niños no ayuda como debería alegando que tienen pocos alumnos, aunque cobra bien.

–Escucha, Yoltic, está prendido el radio de la escuela.

–Sí, por medio de él se enteraban de algunas noticias, pero también ya había algunas televisiones; escuchemos lo que dicen, parece que está hablando el presidente de la república Gustavo Díaz Ordaz, invitando a en las escuelas se haga un acto para celebrar los veintiún años de la Campaña contra el Analfabetismo.

–¿Y sí lograron algo?

–Pues sí, la cifra de personas analfabetas bajó muchísimo, al principio del siglo veinte era el 80% de personas mayores de 15 años, en 1965 era el 26% y en tu época, Valentín, solo es del 4%.

–¡Pues bajó bastante! Pero ojalá llegue a ser 0%.

–No hace falta mucho para lograrlo. También en este año la directora pide el apoyo de la policía municipal para cuidar la salida de los alumnos.

–Igual que lo hizo anteriormente el profesor Antonio Quintana.

–No exactamente, Valentín, pues el maestro Quintana pidió el apoyo para que los niños no se quedarán y no hubiera peleas en la calle, pero la directora Concepción Vargas Maza, junto con los demás directores de las escuelas anexas a la "Francisco Hernández y Hernández" lo que pide es que se quiten los puestos ambulantes que obstruyen la vialidad y que además cuiden a los niños del plantel porque hay grupos de pandilleros que los molestan.

–Estuvo bien lo que hizo la directora entonces, pues no es correcto que gente malosa moleste a los niños.

–También en este año se conmemoró el centenario de la declaración del presidente Benito Juárez como Benemérito de las Américas y se dio a conocer el texto que en 1867 le envió el escritor francés Víctor Hugo.

–¿Qué decía ese escrito, Yoltic? Me parece muy importante que lo sepamos todos los niños de México.

–Lo van a leer en el Acto a la Bandera, así que, como te digo siempre, amigo mío, para las orejas para que escuches lo que dice el alumno sobre ese texto.

–Bien, listo y con las orejas bien paradas.

"Carta de Víctor Hugo para el presidente Juárez, expedida el 28 de mayo de 1867. Francia atacó a México con dos monarquías, la del ejército y la del príncipe. El ejército más aguerrido del mundo de ese entonces. Dicha guerra duró cinco años donde, al faltar hombres, tomaron las cosas como a proyectiles y también la ayuda que dio la naturaleza de México. Después de cinco años, los imperios están en el suelo, sin monarquía, sin ejército, nada más que la enormidad, la usurpación convertida en ruinas, un hombre de pie Juárez y al lado la Libertad."

–Qué bonito escrito, Yoltic y Víctor Hugo también era un gran hombre, pues, aunque el ejército de su país estaba derrotado, reconoció que era injusto lo que Francia había hecho y la grandeza del presidente mexicano y de la población por defender la soberanía nacional.

–¡Bravo, Valentín! Ya me hiciste llorar de nuevo, pero esta vez de orgullo. Te doy otra buena noticia, la directora Concepción Maza Vargas logró que a partir del 27 de abril de 1967 a 1968 se cambiaran los techos de teja por loza de cemento, se acondicionaran las aulas, se construyera una más y dos bodegas. Durante este periodo, tu escuela laboró por las tardes en la escuela primaria "Carlos A. Carrillo". Al principio el gobierno les prometió que les daría por un tiempo la casa de los señores Zapata Vela, que se encontraba en la esquina de la avenida 1 calle 2, pero estos no quisieron; lo bueno fue que el ayuntamiento, durante ese año, les dio hasta los materiales escolares a los profesores.

–¡Eso es fabuloso, Yoltic!

–Pero hubo un punto negativo. Desgraciadamente, en esa época, no existía un reglamento de Protección Civil como en tu actualidad y no les importó cerrar la salida de emergencia, ya que la que creyeron innecesaria. Después de los horribles sismos que hubo en México en 1973 y en 1985 todo cambió.

–Obvio, todas las escuelas deben tener salida de emergencia para poder evacuar a la hora de un desastre.

–Posteriormente, la Escuela Secundaria y Preparatoria de Artes y Oficios fue trasladada a un lugar mucho más grande y su espacio quedó desalojado, así que la directora Concepción solicitó que se mudaran allí todas las escuelas que estaban de más.

–Y ya sé... no le hicieron caso.

–Exacto. El gobierno, en lugar de desalojar a las otras escuelas para el edificio recién desocupado, cedió el espacio a la escuela "Francisco I. Madero" anteriormente "Miguel Alemán", los jardines de niños "Carlos A.

Carrillo" y "Antonio Arenas", la vespertina "Josefa Ortiz de Domínguez" y la nocturna "Francisco M. de la Llave". En esa época, toda la manzana escolar pertenecía a la Universidad Veracruzana según un decreto especial del gobierno del estado y valía más de un millón de pesos por estar situada en el centro de la ciudad.

–¿Cómo se les ocurre atiborrar a tantas escuelas en un espacio pequeño? –bramó Valentín con disgusto.

–Ahora te voy a contar qué ocurrió en 1967, pues en ese año se realizó otro cambio en los programas y se pidió a todos los maestros que fueran a los cursos de actualización escolar que se realizarían en la escuela "Guillermo A. Sherwell". Fue un periodo en que se le dio muchísima importancia a los encuentros deportivos escolares de voleibol, básquetbol, béisbol, fútbol y atletismo; tu escuela obtuvo varios reconocimientos de este tipo.

–Todo muy bien, los encuentros deportivos son estupendos para la salud de nosotros los niños, todavía en mi época se hacen, aunque no con tanta frecuencia, pero lo que no me gusto es que hayan cerrado la salida de emergencia, ahora parecemos ratoncitos en trampa, pues solo hay una puertecita chiquitita para que entremos y salgamos todos; imagínate si hay un sismo o un incendio y estamos todos adentro –analizó Valentín con cara de angustia–. Otra situación que tampoco me agradó es que no le hicieran caso a la directora y pusieran tantas escuelas en el edificio recién desocupado, no se me puede quitar el enojo.

–Observa, la directora se dirige a ver al inspector escolar para informarle que ese año no va haber exposición ni demostración escolar pues los niños se encuentran laborando en los pasillos de otro plantel.

–Pues que bueno que se lo dijo, ¡nada más eso faltaba!

–Vámonos a 1969, dale vuelta despacito a la hoja, total es solo un año.

–¡Ahí voy!

–Es una vueltecita donde surgió otro problemita, pequeñito, pero que salió en los periódicos –acotó Yoltic con carita pícara.

-Otro más... pues vamos.

Y dio vuelta a la hoja Valentín, moviendo su cabeza negativamente.

"El que estudia los libros solo sabrá cómo deberían ser las cosas y el que estudia los hombres sabrá cómo son"

Charles Caleb Colton

CAPÍTULO 19

Un problema con la biblioteca y
otros datos interesantes

–Bien, llegamos. Te cuento, al regresar al plantel y hacer limpieza general, el maestro Jose Medina Castellanos, hijo del maestro Fidel, se dio cuenta de que en la biblioteca de la dirección había muchos libros valiosísimos; uno de ellos, el que tienes en tus manos y que algunos estaban como nuevos. En vista de que eran de finales del siglo XIX y principios del XX, los quiso donar a la biblioteca municipal recién inaugurada para que todos los ciudadanos los conocieran y los consultarán. Algunos estaban en español, pero también halló otros escritos en francés e inglés.

–¿Y sí los pudo donar, Yoltic?

–No, Valentín, en ese momento la Sociedad de Padres de Familia y la mayoría de los maestros del plantel, encabezados por la directora Concepción Maza Vargas, se opusieron a que la escuela fuera despojada de tan valioso patrimonio cultural y argumentaron lo siguiente:

"1. Estamos completamente de acuerdo en que los libros son realmente valiosos.

"2. Estamos de acuerdo en que han estado guardados en un anaquel conforme han sido adquiridos y de ahí se toman constantemente para consultarlos."

–Este punto lo dudo un poco, pues son libros muy antiguos –cuestionó Valentín.

"3. No estamos de acuerdo porque los libros están mejor en el librero de la oficina de la dirección del plantel, protegidos con cristales y candados, que en la biblioteca."

–Así fué por muchos años Valentín, ahí se quedaron; luego yo vi que los pasaron a la biblioteca escolar y fueron abandonados –agregó Yoltic.

"4. Estamos seguros de que el personal docente que se encarga de la educación de nuestros hijos toma de estos libros la consulta necesaria para sus clases."

–Esto también es una mentirijilla, pues son muy antiguos y los maestros consultaban los libros nuevos que daba el gobierno, además de que muchos están en inglés y francés que, desgraciadamente, son idiomas que la Normal dejó de enseñar cuando estalló la Revolución, por lo tanto, los profesores no los podían consultar aunque quisieran –aseguró Valentín.

Continúo Yoltic con la lectura.

"5. Los libros *México a través de los siglos*, *Historia natural*, *Diccionario geográfico*, *Historia universal* y otros más, sí pueden ser consultados por niños de quinto y sexto año."

–Esto lo dijeron, Valentín, porque el maestro había dicho que no estaban al nivel de los alumnos de primaria, lo cual era verdad, ya que al contar con letra antigua y no tener láminas o dibujos no llamaban la atención de los niños; además, ya habían dicho que estaban en la dirección con candado y así pasaron después a la biblioteca escolar.

"6. Efectivamente, sí falta una sala de lectura como la conocemos, pero toda la escuela es una sala de conocimiento y nunca ha sido necesaria una sala especial para leer cualquier libro. Debe recordarse que la ciudad de Córdoba no tuvo sino hasta abril de 1968 una biblioteca municipal. Es cierto que toda la escuela debe ser una sala de lectura, pero se debe hacer el hábito de leer y qué mejor si se tiene una biblioteca escolar".

–En el punto 7 indican que están de acuerdo en que deben enriquecer el conocimiento de los cordobeses y la señorita directora da la seguridad de que a cualquier estudioso interesado se le podrá prestar cualquier libro dentro del local de la escuela. Obviamente, si las personas no estaban acostumbradas a leer y la biblioteca municipal apenas había sido fundada, no iban a pedir prestado un libro. Fue por eso que defendieron la Sociedad de Padres de Familia y la dirección que los libros se quedaban en la escuela.

–Gracias a ello encontré este libro mágico maravilloso, el cual narra toda la historia de la escuela y de la ciudad. Eso es estupendo.

–Sí, pero ahora en tu época están más deteriorados, pienso que deberían estar en un lugar especial, donde se protejan, pues dentro de algunos años más allá de tu tiempo se volverán polvo.

–Cierto, Yoltic, eso es muy triste, porque son valiosísimos culturalmente hablando y de grandes escritores.

–Exactamente, Valentín.

–Ahora sí, ¡a darle vuelta con velocidad del rayo a la hoja del libro!

–No tan rápido, amigo, no sea que me maree de nuevo, ¡y eso que viajo mucho!

–A mi ya me gustó. Llegamos al 23 de agosto de

1973, según dice mi libro. Ahora la directora es Josefina Hernández Bazán.

–¡Uyy! Es de madrugada pero... ¿sientes, Valentín?

–Sí, está temblando muy fuerte. ¿Tú has venido muchas veces a esta época, Yoltic? Mira como caen los edificios y casas.

–He venido algunas veces. Este es uno de los tantos episodios tristes de la ciudad, pues este sismo derribó variadas construcciones de la región y muchos perdieron sus casas y hasta su vida.

–¿Qué le pasó a mi escuela? –preguntó Valentín preocupado.

–Afortunadamente, como fue de madrugada y de vacaciones, no había niños en ninguna escuela. La Secretaría de Obras Públicas revisó todos los planteles y sugirió a la directora que no se utilizara el edificio.

–¿Quedó destruido o tenía daños?, ¿dónde trabajaron los niños todo ese tiempo?

–Vamos con calma, pues el gobierno mandó a los profesores y niños a trabajar a la escuela "Ana Francisca de Irivas" por las tardes, pero no informaron a la directora ni a los maestros que el edificio no tenía ningún daño, sino que lo utilizaron para cuartel general de sus brigadas. Al finalizar su trabajo un año más tarde, no le hicieron ninguna reparación, dejando dañados la pintura, el cableado eléctrico y la tubería.

–Otra mala jugada del gobierno, pues debían de haber informado que lo tomaron como cuartel general y reparar los desperfectos que provocaron. Que injustos han sido con mi escuela y así también han de haber hecho con otras –resolló Valentín poniendo carita de enojo.

–Bueno, pues con ayuda de la Sociedad de Padres de Familia y los maestros se hicieron las reparaciones y se compró un aparato de sonido muy necesario para los festejos y actividades escolares.

–Yoltic, en mi cabecita me dan vueltas dos preguntas: ¿Solo ha habido un exalumno que ha ayudado a la escuela? ¿Existen exalumnos que hayan llegado a ser personas importantes?

–Amigo mío, ha habido exalumnos que tienen a la escuela en su corazón y han ayudado a mejorar el plantel con pintura, mano de obra, ladrillos, pero este señor Antonio Ruiz Galindo la mejoro todita porque tenía mucho dinero y era un empresario muy importante. Hay otros exalumnos que también habrían hecho lo mismo; si tan solo se unieran algunos, cada vez sería más fantástico. Ahora, en cuanto a tu otra pregunta, es muy grande el número de alumnos que han realizado estudios en la escuela "Cantonal" y en todas las épocas ha habido personas destacadas que egresaron de esta institución, aunque algunos no son tan conocidos por haber emigrado a otro estado o país, pero podemos nombrar algunos de los reconocidos: Fernando Casas Alemán, jefe del departamento del estado de México; Antonio M. Quirazco Vásquez y Rafael Murillo Vidal, gobernadores de Veracruz; el licenciado Fernando Salmerón Roiz, rector de la Universidad Metropolitana; licenciado Fernando García Bernal, profesor Aureliano Hernánde Palacios y el licenciado Hector Salmerón Roiz, rectores de la Universidad Veracruzana; el señor Emilio Abascal Salmerón, Arzobispo de Puebla y Veracruz; Silvestre Aguilar Morás, Manuel Galán Callejas, Pablo de la Llave Krauss, Guillermo García Rivera, presidentes municipales de Córdoba y los deportistas licenciados Alfonso Limón Krauss y Mario Pelaez Diord. Entre los anuarios de la institución se pueden reconocer a varios importantes abogados, médicos, ingenieros, comerciantes, ganaderos, empresarios, maestros, obreros, que han servido a la comunidad y son honra de esta orgullosa ciudad de los treinta caballeros.

–Es maravilloso que hayan estudiado en ese edificio tantas personas importantes –reconoció Valentín muy orgulloso.

–Tu escuela, Valentín, la has conocido como solo de niños pero hace tiempo, cuando estaba el maestro Quintana como director, estudió una niña llamada Eumelia Tello Bermúdez, que era hija del profesor Manuel C. Tello y posteriormente llegó a ser profesora.

–Es una muy buena noticia, ¡espero que pronto se vuelva mixta!

–No vayas a empezar con tu discurso de la equidad, Valentín, pero sí me da gusto anunciarte que pronto así será.

–¿Cómo? ¿También sabes el futuro? –se sorprendió Valentín.

–No todo, solo puedo llegar a unos cuantos años después de conocerte, no más, pero luego te cuento, seguiré con mi historia. En 1987, el edificio anexo de la capilla fue reparado en su totalidad por el ayuntamiento, cuando era alcalde el doctor Carlos Mendoza.

–¡Qué bien!, pero entonces ¿por qué no lo ocupamos?

–Porque a partir de ese momento dejó de ser de la escuela y pasó a manos del municipio, quien nombró un patronato para que se hiciera cargo de su limpieza y reparaciones.

–Por una parte está bien, sin embargo, ese espacio se necesita para la escuela –dijo Valentin con resignación.

–Pues sí, da gusto que lo hayan arreglado y ahora se utilice. Continúo con mi relato. Después de la profesora Josefina Hernández Bazán, estuvo como directora la profesora María de los Ángeles Sánchez de Palafox, ella cuidó mucho el patrimonio de tu escuela e hizo muy importantes cambios para preservar toda la historia del plantel.

–Me contaron mis papás que fue una muy buena directora la profesora Angelita.

–Así es, cuando ella se jubiló en el año 2004 le hicieron una placa para recordarla, es la que está en la dirección.

–¿Solo a ella le dieron ese reconocimiento?

–No, Valentín, ya habían colocado placas en conmemoración de los maestros Antonio Quintana, Francisco M. de la Llave y José Fidel Medina en algunos salones.

–Me da gusto que hayan reconocido la labor de estos grandes maestros.

–Cuando la directora María de los Ángeles se jubiló, la sustituyó la profesora Elsa Aurora Díaz Abaroa y durante su periodo de labor, el gobierno realizó una encuesta para saber qué escuelas tenían escrituras; ella llenó el formato y pidió ese documento, pues corría el rumor de que algunas autoridades de la ciudad se querían quedar con ese espacio.

–¿Y para qué lo querrían? –se interesó Valentín.

–¿Acaso no te has dado cuenta de su importancia después de todo lo que hemos viajado? Pues, querían hacer un centro cultural y turístico.

–No suena tan mal, Yoltic, pero ¿qué iban a hacer con la comunidad escolar?

–Exacto, ese era el detalle, todo sonaba muy bien pero pensaban dejar a muchos niños sin escuela; para hacer eso, primero tenían que construir otro edificio con las características adecuadas para los alumnos y maestros, como el que solicitó el profesor De la Llave.

–Claro, porque todos los niños tenemos derecho a una educación de calidad.

–Pasando a otro tema, en el año 2009 se suspendieron unos días las clases por la enfermedad de H1N1, siendo directora Emigdia de los Santos León.

–Pero no fue muy grave, Yoltic, yo era muy pequeño pero me contaron mis papás.

–Después, Valentín, llegó la reforma educativa del presidente Enrique Peña Nieto en el 2013.

–De eso sí me acuerdo, aunque era pequeño, los maestros defendian sus derechos y hubo algunas huelgas.

–Así es, amigo, ¿recuerdas todo lo que tuvieron que pasar los anteriores docentes para tener un sueldo seguro y cuidar su trabajo? Lo mismo hicieron estos maestros y luego llegó la directora que está en tu presente, ¡es hora de regresar a tu tiempo! –Anunció Yoltic entusiasmado.

–¡Son las últimas hojas de este libro mágico! Demos vueltas a la velocidad del rayo.

–Ya te pedí que no muevas tanto el libro que me mareo.

–Pues yo ya me acostumbré –rió Valentín carcajadas.

"Educación no es sólo reproducción y transmisión de conocimientos, sino también crítica y cuestionamiento de lo que está establecido"

Ángel Castiñeira

CAPÍTULO 20

El presente y el futuro cercano

–Estamos de nuevo en mi biblioteca escolar y ya sé toda la historia de este bello lugar. Me gustaría seguir viajando, pero también es bueno volver.

–Ahora se acercan algunos años un poco complicados y tienes que ser valiente, Valentín.

–¿Tan difíciles como los que vimos?

–Para algunas personas sí. Como dijo María Demuth, "Atrévete a ser valiente hoy y confía en que cuando extiendas tus alas, volarás" –expresó Yoltic con tono de sabiduría.

–Eso quiere decir que hay que enfrentar los problemas con coraje y paciencia.

–Así es, mi amigo. La primera circunstancia triste es que, como has podido ver, en tu época se presentó un proyecto de Escuelas al 100 de Espacios Educativos ofreciendo mejoras de la infraestructura escolar, donde se realizaría una escalera más en la parte posterior para el acceso rápido de los niños hacia la cancha y desalojo en caso de siniestro, arreglo de los baños, un aula mejor estructurada en la parte baja y en el primer piso un salón de medios.

–Muy buenas ideas, todo es súper necesario.

–También una salida de emergencia, la cual había sido clausurada en 1966, cambio de lugar de la cisterna al centro de la cancha, reparación de pisos y cableado eléctrico.

–Sí, eso es urgente, pues algo como el sismo que sentimos en 1973 se puede volver a repetir... pero, en lo que me dices no oigo ninguna noticia desagradable, Yoltic.

–Porque aún no te la digo, Valentín. La mala noticia es que todo es un engaño que, un día después de conocerte, se sabrá.

–¿Un engaño?, ¿de quién?

–De la administración del gobernador Javier Duarte de Ochoa y la empresa que enviaron, de nombre "Imperio"; resultó que tal constructora no existía, solamente se presentaron y derribaron la parte de atrás de la escuela.

–Sí, vi que los niños que trabajaban antes en esa aula que se quedó destruida pasaron a la sala de computación, la cual quedó deshabilitada para el resto de los alumnos.

–Exactamente y, como escuchaste a la directora, encontraron piezas arqueológicas de la época colonial y prehispánica en la excavación, dieron parte al Instituto Nacional de Antropología e Historia, quienes documentaron los hallazgos y gracias al fraude de esa empresa fantasma, las obras que supuestamente tardarían tres meses, demorarán tres años en culminar.

–¿Quiere decir que la empresa es cómo tú, Yoltic? – pregunta Valentín con ingenuidad.

—¡No, querido amigo! Se le llama fantasma porque no existe, solo sirvió de fachada para quedarse con el dinero.

—Pero… ¿El gobierno terminará lo que prometió?

—No todo, pues justificarán que parte del dinero ya se había perdido y lo que les quedaba no alcanzaba para hacerlo; es más, pensaran en suspender los trabajos.

—¡Y dejar todo tirado! —exclamó Valentín con asombro.

—Sí… pero las familias y maestros manifestarán su inconformidad. La Asociación de Padres estará muy molesta y dispuesta a tomar las instalaciones en caso de no ser escuchados; entonces, el gobierno estatal y municipal se reunirá para terminar la obra.

—Menos mal, entonces sí la terminarán —asumió aliviado Valentín.

—No toda, el día 11 de abril del 2018 se dará por terminada la obra, quedando habilitados para ese momento en la parte baja de la escuela un aula, las escaleras y los baños; sin embargo, no se realizará la salida de emergencia y la cisterna quedará debajo de las escaleras. En la parte de arriba se entregará un salón de usos múltiples de tamaño pequeño, no tan grande como se tenía proyectado, dos baños que pagaron los padres de familia y dos bodegas, una para la escuela vespertina y otra para la matutina, pero los pisos quedarán destruidos debido a la maquinaria y la falta de pericia de los albañiles que los colocaron unos años antes, bajo la dirección de Emigdia de los Santos. El Instituto Nacional de Antropología e Historia informó a la dirección del plantel y padres de familia que esos pisos no iban de acuerdo con la construcción y al ser patrimonio histórico violaba el reglamento, por lo tanto, se tenían que cambiar. No se renovará la tubería de agua potable y drenaje, así como tampoco la instalación eléctrica, que ya vimos que tiene daños desde hace mucho tiempo.

–Más injusticias Yoltic... y esperas que no ponga mi carita de enojado.

–A la directora, Valentín, le dirán que tiene que redactar unos oficios al terminar la obra, para que sea tomada en cuenta la escuela y realicen los trabajos que faltan.

–Menos mal que presentando esos oficios terminarán los trabajos que dejaron a la mitad.

–Lamento decirte que después de esto habrá cambio de gobierno y esos acuerdos ya no serán respetados; además, exigirá el gobierno las escrituras del plantel.

–¿Las mismas que estaba tramitando la directora Elsa Aurora Díaz Abaroa años atrás?

–Así es. Entonces la directiva del plantel, junto con la Asociación de Padres de Familia, continuará los trámites de escrituración sin respuesta favorable –finalizó Yoltic con tristeza.

–Espero que algún día les den ese papel tan importante.

–Ojalá. Por lo pronto, en vista que no cuentan con salida de emergencia, es sumamente importante que en la escuela implementen simulacros de incendio y sismo regularmente.

–¡Sí los hacemos, Yoltic! Con el apoyo de la directora y los docentes. Hasta nos felicitó Protección Civil pues desalojamos la escuela en menos de un minuto.

–Excelente, eso es vital. Pero también hay noticias

agradables. En agosto del 2018 un grupo de exalumnos se acercará a la escuela para festejar sus 50 años de egresados, con ellos los visitará un exalumno súper especial.

–¿Quién será?

–El licenciado Higinio Quirazco Cuevas, como representante de su generación 1942-1947, brillante abogado, quien dirigirá una dedicatoria a los niños de la primaria hablando acerca de la importancia de los valores; todos esos exalumnos harán un Homenaje a la Bandera, dirán al finalizar el juramento "Cantonal" como cuando eran niños y también apoyarán para hacer algunas mejoras en el plantel, sobre todo con pintura.

–Eso está muy bien, que nunca se olviden de su escuela, yo siempre la tengo presente en mi corazón porque aquí he vivido varias cosas hermosas de mi vida, me gusta mucho el juramento a mi escuela: "Hoy me comportaré de manera que todos se sientan orgullosos de mí. Hoy vine a aprender y voy a aprender. Hoy será un buen día." –Recitó Valentín con mucho respeto.

–Ya veo que has aprendido mucho, pero tengo que contarte un suceso muy malo que pasará el 19 de marzo del 2019.

–¿Qué ocurrirá ahora?

–Una terrible epidemia a nivel mundial que durará cerca de dos años, hasta que la detienen con vacunas. Muchas personas morirán.

–¡Vamos a avisarles a todos lo que va a ocurrir! Eso me angustia mucho. ¿Cómo se llama la enfermedad? –preguntó Valentín angustiado.

–COVID 19. En este periodo, tu escuela, así como muchas otras, suspenderán clases.

–¿Y cómo estudiaremos los niños si todos los colegios estarán contaminados?

–Por medio de las computadoras. Los profesores darán sus clases a distancia, de manera virtual. Será un reto para los maestros quienes tendrán que aprender más sobre cómo enseñar usando la tecnología.

–Menos mal, pensé que perderíamos clases, ¡pero eso es fenomenal! –celebró Valentín saltando de alegría.

–Y otra buena nueva que te encantará es que va a haber más equidad en tu colegio, pues a partir de este momento se recibirán niñas.

–¡Es una formidable noticia!, ahora sí habrá equidad e igualdad entre hombres y mujeres. De esta forma, se toman en cuenta los derechos de todos los niños y niñas para estudiar en la escuela primaria que deseen.

–Yo sabía que te iba a agradar mucho, Valentín; no obstante, en este periodo la comunidad educativa de tu escuela pasará por momentos muy difíciles, en los cuales muchos profesores, intendentes, alumnos y padres de familia perderán familiares cercanos. Lo bueno es que en enero del 2022 se volverán a retomar las clases presenciales, de forma escalonada y alternada. Además, los exalumnos apoyarán para mejorar el plantel que, después de dos años sin clases, quedará semidestruido.

–¿Cómo es eso de forma escalonada y alternada?

–Pues, no todos los grupos entrarán a la misma hora, ni tendrán clases presenciales todos los días, pero solo por tres meses, luego todo regresará a la normalidad como están acostumbrados, de lunes a viernes de ocho de la mañana a doce y media de la tarde.

–¡Qué bueno que regresaremos a clases y que nos ayudarán los exalumnos a limpiar y componer nuestra escuela! Pero sí estoy muy afligido, Yoltic, ¡hay que avisarles a todos lo que va a ocurrir!

–No se puede, Valentín, porque esto ya ocurrió. Te mentí un poco –admitió Yoltic apenado–. El libro no es tan mágico, tú y yo sí lo somos. El libro solo es una guía que nos sirve para ubicarnos en el tiempo y el espacio, brilla porque tú lo estabas buscando y yo te estoy enseñando a utilizar tu nueva forma de viajar.

–¿Qué dices? No entiendo.

–Tú también eres un espíritu como yo, por eso me ves y las demás personas no lo pueden hacer, podemos pasar por las paredes, volar y viajar por el tiempo y el espacio. Te voy a contar lo que te pasó, Valentín. Tú eras un niño feliz y siempre te agradó asistir a la escuela, sobre todo aprender, pero tu salud no era buena, tus padres sabían que estabas enfermo.

–Ya entiendo por qué me llevaban al médico muy seguido –recordó Valentín con tristeza.

–Tenías leucemia y durante la pandemia te enfermaste, te pusiste muy grave y falleciste, pero antes de cruzar al otro plano, recordaste lo que habías escuchado en el 2016 en tu escuela y regresaste a buscar respuestas, por eso no hay nadie hoy en la biblioteca escolar, porque es sábado y nadie te busca porque no estás ya con ellos, por eso te dije que solo podía llegar unos años en el futuro, en el año en que están los vivos.

–¿Y ahora, Yoltic? ¿Qué voy a hacer?

–Puedes quedarte conmigo y seguir viajando o haciendo travesuras o irte a donde están los demás espíritus. Yo aquí me la he pasado muy bien, te voy a contar algunas anécdotas que me han pasado; figúrate que, en una ocasión, me encontré una canica que un niño dejó y me puse a jugar con ella, estaba el intendente de la escuela, se me resbaló mi canica y se cayó por las escaleras, ¡sustazo que se llevó el pobre!, me dio mucha risa, porque buscó quien estaba y no vio a nadie. En otro momento, un maestro puso un vaso con agua en su escritorio, quise tomar un poco y él vio como el vaso se movía, pero no a mí y salió corriendo como bala. Hubo una ocasión en que me topé con una pala de albañil mal puesta y la fui a guardar a la dirección, tendrías que haber visto la cara del señor que la estaba ocupando cuando la fue a buscar y la encontró bajo llave en la dirección. También le guardé bien las pilas del termómetro a la subdirectora, pues pensé que donde las había dejado todos las iban a tomar, pero no creí que se pondría como loquita buscándolas; entonces, se las puse de nuevo donde las había dejado pero, en lugar de sentir alivio, se quedó desconcertada por un buen rato.

–¿Y alguien que esté vivo te ha visto, Yoltic?

–Es muy raro, Valentín, pero sí. Hubo un señor que vino a componer la electricidad una vez y yo me puse el uniforme de un niño de la escuela que encontré en la bodega y me acerqué a ayudarlo, él sí me vio; le fui pasando las herramientas pero cuando se dio cuenta que era domingo y no debía haber niños en la escuela, salió corriendo sin mirar para atrás. Tan malagradecido, todavía que uno es servicial y se van sin decir ni adiós. En otra oportunidad, un grupo de niños me vio y le dijo a la directora que había un alumno nuevo, ella se puso a buscarme y a pasar lista en los salones para verificar si faltaba algún niño, pero todo estaba en orden, la directora se sorprendió mucho con lo ocurrido. Un primer día de clases, hace algunos años, una maestra mandó a formarse y yo la obedecí sin pensarlo, me coloqué hasta atrás de la fila pero después pensé: ¿qué estoy haciendo aquí? Salí corriendo al salón más cercano y me escondí detrás de la puerta; la profesora sí me vio y fue a buscarme pero, como no me encontró, regresó al patio con los pelos de punta. La última vez, otra maestra necesitaba unos plumones para escribir y yo toqué a la puerta varias veces para entregarle uno que vi, ella miró mis pies debajo del umbral pero sustazo que se llevó cuando me abrió y no halló a nadie.

—Sí me quedó aquí, Yoltic, ¡será divertido y ya no estarás solo! Entre los dos cuidaremos nuestra escuela y estaremos al pendiente de que todo mejore.

—Gracias, mi gran amigo —le expresó Yoltic conmovido.

Así que ya lo sabes, estimado lector. Cuando vayas de visita a este colegio, podrás sentir las emociones del pasado y, con suerte, encontrarte con Yoltic y Valentín, quienes han viajado desde hace mucho tiempo por diversas épocas y espacios entre sus paredes.

FIN

EPÍLOGO

La narración de las aventuras de Yoltic y Valentín en este cuento fantástico está basada sobre la realidad de los datos, documentos y hallazgos arqueológicos encontrados en la escuela "Francisco Hernández y Hernández", anteriormente "Cantonal", de la ciudad de Córdoba, Veracruz. El conocer la historia de esta escuela no solo es importante para los que tuvimos un vínculo con la misma, ya sea como trabajadores de la educación o alumnos, sino para todos, pues los hechos ahí vividos son trascendentales en la transformación educativa del país y del mundo entero. La educación en una sociedad configura la base de la misma, perfecciona las voluntades y los pensamientos, realizando los cambios necesarios para convertir el futuro en una sociedad próspera.

Poco a poco, fue surgiendo en mí la inquietud de plasmar en un libro la recopilación de la historia emblemática que encierra este edificio y los sucesos ocurridos en tan significativa institución. Todo este interés personal nació cuando pude constatar de primera mano la importancia de dichos escritos y los vestigios antiguos que hablaban por sí mismos del valor cultural de este recinto. Saber que este lugar fue cuna de grandes artistas, políticos, científicos y sobre todo maestros.

Desafortunadamente, muchos testimonios se han desvanecido en las arenas del pasado y otros sucesos no están muy claros por el paso de los años, pero lo verdaderamente importante es la reflexión sobre los orígenes de este plantel y todas las luchas internas y externas que tuvieron que pasar los docentes para lograr el aprendizaje de sus alumnos.

Espero que este relato traiga luces a muchas mentes sobre este espacio educativo y brinde el apoyo material a los planteles escolares que benefician en gran medida a la educación de nuestros niños. Cada persona puede colaborar desde su trinchera para que los nuevos retos que se presentan en cuanto a la enseñanza sean logrados.

Todavía hay mucho por hacer, para dar a cada escuela un área digna donde los niños puedan gozar del espacio necesario para realizar sus actividades y un edificio que tenga las características requeridas para desarrollar en los infantes las habilidades, valores, actitudes y aptitudes que nuestra época necesita, formando ciudadanos capaces de mejorar y realizar los cambios positivos que queremos.

Pido al gobierno de mi país que revise las instalaciones de cada plantel, que cuente con los materiales y características fundamentales y que cada escuela tenga su propio recinto, ya que no es justo para nadie que haya tantas instituciones en un mismo lugar, pues impide que el trabajo sea óptimo.

Las aventuras de Yoltic y Valentín continuarán quizá en el futuro en un lugar mejor equipado para los docentes y niños.

AGRADECIMIENTOS

Quiero agradecer primeramente a Dios, quien me ha puesto en el lugar y el tiempo adecuado, además de darme la capacidad para la realización de este proyecto.

A mi esposo, Jesús López Villalba, por su paciencia y apoyo en la ejecución de mis emprendimientos personales.

A mis hijos Axel, Hiram y Alexis, quienes son el motor de mi vida.

A mi madre, la profesora Alpha Hernández López, por su ejemplo.

A mi padre, el señor Enrique Flores Jiménez, por dejarme ser.

A mis hermanos Enrique, Alpha, Iván, Guadalupe, Rocío, Marilu y Rafael, por todos los momentos vividos.

A mi querida abuela, Cointha López Lara, por sus consejos e historias que guardo para siempre en mi memoria.

A mis tías, Lupita y Meche, por sus palabras de aliento.

A toda mi familia por el apoyo recibido.

De una manera especial, a mi gran amiga, subdirectora de la escuela "Francisco Hernández y Hernández", la profesora Patricia Carrera Velázquez, por su ánimo para lograr este objetivo.

Agradezco, con todo mi cariño, al señor Alfonso Esteban Hernández Guzmán, por proteger y guardar este legado y confiar en una servidora para darlo a conocer.

A mis amigos maestros, que son tantos que no puedo nombrar a todos pues me faltaría siempre alguno, gracias por brindarme su ayuda y lealtad.

A mis exalumnos, por el privilegio de haberles enseñado y por todo lo que aprendí de ustedes.

A los niños de mi nación y del mundo entero, por ser los ciudadanos del futuro, quienes realizarán los cambios que la educación necesita.

A mi editora, Adriana Franco Castillo, por su interés en mi trabajo y sus acertadas sugerencias para hacerlo realidad.

A mi cuñado, Sergio Aceval Zanatta, por su apoyo desinteresado para dar a conocer por medios electrónicos las aportaciones de este libro.

A Mari Carmen Obregón y su equipo por la orientación para la realización de esta obra.

SOBRE EL AUTOR

Minerva Flores Hernández

 Nací en Orizaba, Veracruz, México, en 1966.

Realicé mis estudios de Profesora de Educación Básica en la Escuela Normal de Xalapa; posteriormente, continué mi preparación con la Licenciatura en Educación Básica en la Universidad Pedagógica Veracruzana.

Reforcé mi práctica educativa con cursos estatales y nacionales de actualización para el magisterio, así como también los exámenes de carrera magisterial logrando el nivel "E".

Obtuve un reconocimiento por haber participado en el Seguimiento y Evaluación del primer Curso Taller de Formación Docente que el Proyecto Estratégico: Español. Participé en los cursos - talleres para docentes de Quinto Grado de 1993 a 1995.

Colaboré en los talleres de "Enfoques teóricometodológicos y didácticos de las asignaturas de historia, geografía y educación cívica" en 1997.

Acredité los conocimientos correspondientes al programa de actualización de la enseñanza de Matemáticas en la escuela primaria en 1998.

Participé en el curso "La planeación y la evaluación en la propuesta de trabajo del español y las matemáticas en 1998.
Colaboré en el curso - taller "El enfoque formativo de las Ciencias Naturales en la Escuela Primaria" en 1999.

Acredité el curso - taller de actualización "El Conocimiento de los Contenidos del Programa de Estudio y el Diseño de Situaciones Didácticas" en el año 2000.

Participé en el Curso Estatal de Actualización "La importancia de la Educación Cívica en la Formación Integral del Educando" en el 2001.

Colaboré en los Talleres Generales de Actualización "Educación Primaria" en el 2002.

Acredité el Curso Estatal de Actualización "Talleres de exploración de materiales de Educación Artística" en el 2003.

Realicé una actualización de las Bibliotecas escolares tomando el curso "Las Bibliotecas Escolares: Un Espacio para todos" en el 2004.

Obtuve una constancia del Curso Estatal de Actualización

"El trabajo colaborativo: Factor Importantes para el Desarrollo Humano en la Educación Básica" en el 2005.

Participé también en el curso Estatal de Actualización "La Importancia del enfoque formativo de las Ciencias Naturales en el desarrollo de una cultura de la Salud y la prevención en la Escuela Primaria" en el 2006.

Constancia del Curso Estatal de Actualización: "La formación del docente reflexivo" en el 2007.

Obtuvé diplomas y reconocimientos en declamación, teatro infantil, teatro con títeres y dibujo elemental para la primaria.
Constancia de participación en el IX Congreso Nacional de Profesores de Matemáticas en 1987 a 1990.

Constancia de participación en el Curso "Introducción a la elaboración de Material Didáctico" en 1988.

Diploma de participación en el curso Estrategias para Desarrollar hábitos de Lectura en 1995.

Participé como asesor en el Cuarto Congreso Infantil de Córdoba y la región en 1996.

Diplomas de participación como asesor en el Concurso Estatal de Oratoria del año 2001 al 2010.

Tomé varios cursos de "Estrategias de Liderazgo" y obtuve la dirección del plantel por medio de un examen de oposición saliendo seleccionada para ese puesto.

Trabajé como profesora en las escuelas primarias: "Miguel Hidalgo" de Paraje Nuevo, municipio de Amatlán de los Reyes, "Francisco M. de la Llave", "Rafael Delgado" y "Úrsulo Galván", así como en las escuelas primarias nocturnas: "José Manuel Palafox" y "José Joaquín de Herrera" de Córdoba, Veracruz; también en esa ciudad laboré como subdirectora en la escuela "Emiliano Zapata" y como directora en la escuela primaria "Francisco Hernández y Hernández". Actualmente estoy jubilada.

Autora del libro *Voces del pasado, relato histórico y misterios ocultos de una escuela mexicana*, donde Valentín, un alumno del plantel, conoce a un amigo muy especial llamado Yoltic y por medio de aventuras muy interesantes pasan por varias etapas históricas de la ciudad de Córdoba y de la última institución educativa en la que laboré, la Escuela Primaria Matutina "Francisco Hernández y Hernández".

BIBLIOGRAFÍA

Almada, F. (1967). *La reforma educativa.* Historia mexicana, Nro. 65.

Archivo municipal de Córdoba. Tomo VII. Paleógrafo Aquileo Rosas.

Archivo particular de la escuela "Francisco Hernández y Hernández". Cantonal de Córdoba, Veracruz.

Bazant, M. (1993). *Historia de la educación durante El Porfiriato.* Colmex.

Estadística del estado libre y soberano de Veracruz. (1831). Blanco y Aburto.

Blázquez, C. (1986). *Estado de Veracruz. Informes de sus gobernadores, 1826-1986.* Gobierno del estado de Veracruz. Tomo 22.

Córdoba, L. (1968). *Evolución del derecho constitucional en el estado de Veracruz-Llave.* Gobierno del estado de Veracruz.

De la Mora Herrera, R. (2014). *Crónicas de Córdoba 1, 2, 3, 4, 5, 6, 7.* Ayuntamiento de Córdoba.

De la torre, E. (1964). *La Constitución de Apatzingán.* UNAM.

Florescano, S. (1977). *Las divisiones políticas del estado de Veracruz, 1824-1917*. Dualismo, Nro. 11.

Galán, R. M. (1977). *Leyendas de Córdoba*.

García Torres, V. (1856). *Estatuto Orgánico Provisional de la República Mexicana*.

Guzmán i Romero, M., & García Laubscher, E. (1961). *El maestro Enrique Laubscher y la reforma educativa nacional*. Citlaltépetl.

Herrera Moreno, E. (1892). *El cantón de Córdoba*.

Naveda Chávez, A. *Historia general de Córdoba-región 189*.

Ochoa Contreras, O. (1974). *Cambios estructurales en la actividad del sector agrícola del estado de Veracruz, 1870-1900*. Dualismo, Nro. 5.

Pérez Siller, J. (1988). *Crisis fiscal y reforma hacendaria en el siglo XIX mexicano*. Siglo XIX, Nro. 5.

Pérez Siller, J. *Historiographie de la fiscalité du porfiriat: 1867-1992*. Histoire et Sociétés de L'Amérique Latine, núm. 3.

Rébsamen, E. (1890). *Dictamen de la Comisión de Enseñanza Elemental Obligatoria*. México Intelectual.

Sánchez de Palafox, A. *Monografía de la Escuela Cantonal*.

Sayeg Helú, J. (1974). *El nacimiento de la República Federal Mexicana*. Sep-Setentas.

Soto, J. (1948). *Memoria*. El Siglo XIX, Nro. 33.

Staples, A. (1984). *Esfuerzos y fracasos: la educación en Veracruz, 1824-1867*. La palabra y el hombre, Nro. 52.

Vásquez de Knauth, J. (1975). *Nacionalismo y educación en México*. Colmex.

Velasco Toro, J. M. *Fiscalidad y educación primaria elemental en Veracruz durante el siglo XIX.*

Zea, L. (1968). *El positivismo en México*. FCE.

Zilli Bernardi J. (1966). *Reseña histórica de la educación en el estado de Veracruz*. Gobierno del Estado de Veracruz.

DIARIOS

2017, agosto 22. *El Mundo.*

2019, agosto 29. *El Mundo.*

Cordobeses ilustres. Magazine. *Año 5.* No 51

Para más información, fotografías y
documentos históricos
VISITA MI BLOG

www.minervaflores.com

Made in the USA
Monee, IL
09 May 2023

33164680R00134